君がくれた
七日間の余命カレンダー

いぬじゅん

双葉文庫
パステル
NOVEL

「#余命カレンダー」をつけて、
お気に入りのエピソードや感想を写真とともに、
SNSで投稿してみてください。

目次

プロローグ　4
第一章　空から冬が落ちてくる　7
第二章　二度目の今日が終わるまで　59
第三章　夜を走る　97
第四章　蝶が羽ばたくとき　139
第五章　すべての神様へ　183
第六章　君が運命のとき　215
エピローグ　262

プロローグ

人は選択しながら生きている。
なにを着るか、なにを食べるか、どんな話をするのか。
小さな選択をくり返しながら、未来へ向かって進んでいく。

君はいつか気づくのかな。
何度も、同じ七日間をくり返していることを。

君の運命を変えたかった。
君の笑顔を見ていたかった。
そのためならどんなことでもすると誓った。
だから、この選択に後悔なんてひとつもないんだよ。

日めくりカレンダーに、何度目かの『今日』の日付が記してある。
また、終わったはずの昨日がはじまろうとしている。

第一章

空から冬が落ちてくる

12月20日（金）

玄関のドアを開けると雪が舞っていた。

十二月に入ったくらいから、朝晩は冷えていたし吐く息だって白く染まっていたけれど、前の季節がまだしがみついているような気がしていた。

今年初めての雪に、やっと冬を実感できた。そんな感じだ。

カサを差して歩き出せば、道の端っこに集まる落ち葉を白霜(しろしも)が染めている。あまりの寒さに、かっこ悪いけど学校指定のコートのボタンを留めて歩き出す。

橋が見えてくるころには、サラリーマンや学生の姿も増えてきた。橋といっても高架ではなく、道路の延長のような感じだ。橋を越えてまっすぐの道は駅へ、右の道は俺の通う高校へとつながっている。

橋の中央あたりで旅行者らしき三人組が写真を撮っている。歩道が狭いため立ち止まられると邪魔で仕方がない。

山の中腹にある神社の赤い鳥居が見えるこの場所は、旅行者に人気の撮影スポット。地元民からすれば、見飽きた風景だ。

橋を渡り切るころには雪はやんでいた。駅へ向かう人の流れから逃れ、右の通学路へ進む。

「創生」

ふり向かなくても誰が呼んでいるのかがすぐにわかったが、気づかないフリで足を進める。

「待ってよ。おーい、藤井創生くーん」

恥ずかしい。フルネームで呼ぶな。

あきらめて足を止めると、パタパタと足音がした。昔からペンギンみたいな走り方なので、ほかの人より足が遅い。そしてよく転ぶ。

俺を追い越した白石心花が、通せんぼするように前に立ちふさがった。

「さっきから呼んでるのに、ちっとも気づいてくれないんだもん」

少しの距離を走っただけなのに、心花の口から大量の白い息が生まれている。

呼吸と一緒に揺れる結んだ黒髪、真顔でも笑っているように見える口角。吸いこまれそうなほどの大きな目を本人は気に入っていないそうだが、二年一組の女子はみんなうらやましがっている。

「聞こえなかった」

わざとそっけなく返して脇を抜けると、当たり前のように心花は左隣に並んだ。

心花とは小学校から一緒だが、そういう人はほかにもたくさんいる。この小さな町は、小学校も中学校も選択肢がなく、ほとんどの生徒が顔見知りだから。

高校進学で家からいちばん近い私立高校を選んだので、やっとほかの町の同年代と知り合えた感じ。

高校入試のときにひとつだけ予想外のことが起きた。『普通科』を志望したのに、筆記試験でヤマ勘が冴えわたったせいで、ひとクラスだけある『特進科』に入れられてしまったのだ。

「創生、また猫背になってるよ」

会うたびに注意してくるが、毎回スルーを決めこんでいる。

昔からあまり人と話すのが得意ではない俺。同じ小中のヤツにバッタリ出くわしても気づかれないように、目線を落として歩いている。高校に入ってから知り合ったメンツとも自分からは話しかけない。

ちなみに心花も俺と同じ特進科なので、必然的に一緒のクラス。まぐれの俺と違い、最初から特進科を目指していたそうだ。理由は『なんとなく』とのこと。

「こら、聞いてる？」

「……聞いてる」

心花だって足の裏全体を地面におろしてパタパタと歩くくせに。俺がネコなら心花はペンギンだ。まあ、言わないけど。

「でも、まさかだよね」

心花は主語を省略することが多い。

長年のつき合いだから、なにを言おうとしているのかがすぐにわかる。

「だな」

「たまにニュースとかで見たことはあるけど、まさか自分の通ってる高校が廃校になるなんてビックリ」

心花は驚いたように胸に手を当てて言った。

「普通、十二月になってあんなこと、言うか？」

先週、緊急の保護者会が開かれ、三月末で廃校になることを知らされた。三年生以外は、受け入れ体制のある高校に編入することになるらしい。

それからは面談ばかりで、期末テストどころじゃなかった。まあ、そうじゃなくてもテストの点数は変わらなかっただろうが。

「お母さんに聞いたんだけど、もう何年も定員割れ状態だったんだって。いずれそうなるかもしれない、って予告めいたことも保護者会で言われてたみたい」

「今年、推薦入試をやってる気配がなかったもんな」

「廃校、ってことは、学校が倒産するってことなの？」

「そういうこと」

「私たちはいいけど、先生たち大丈夫かな……」

不安そうな声なのに、口角があがっているせいで心花の表情に悲壮感は見つからない。歩くたびに結んだ髪が揺れ、むしろ楽しそうに見える。

「先生がどうかした？」

「私たちは受け入れ先があるからいいけど、先生たちは違うでしょう？　藤沢先生に昨日聞いたら『定年も近いし、このまま辞めちゃおうかな』って言ってたんだよね」

「カズミン、辞めんの？」

「カズミン、じゃなくて藤沢先生でしょ。学校の都合で退職することになるなんて悲しい。ねえ、なんとかしてあげられない？」

昔から心花は変わらない。自分だって余裕がないくせに、他人のことばかり考えている。逆に俺は超がつくほど現実主義者だ。なにが起きても、そういうものだと受け入れてしまう。

「藤沢先生を救うアイデアを出し合おうよ」

まだこの話をやめるつもりがないらしく、心花が「ね」と同意を求めてきたので首を横にふった。

「これがカズミン……藤沢の運命だったんだよ。一度決まった運命は変えられない」

「そんなことない。私たちにできることがあるはず」

ふん、と鼻息を吐いて心花は俺を見てくる。根拠のない自信を持つのも心花の特徴だ。

小学校三年生のときに公園で捨てネコを見つけたときだって、『私がなんとかする』と言い切り、両手で抱えて走って行った。結局、一軒一軒回ってお願いしたらしいが飼い主は見つからず、帰ってこない心花を心配したおじさんとおばさんにこってり絞られていた。

そのネコは、『チャチャ』という名前がつけられ、あの日から俺の家に住んでいる。名づけ親は心花で、『茶色の毛だから』と、そのまんまの理由を述べていた。

力がないくせに必死で誰かを助けようとする。心花を意識したのは、ちょうどそのころだった。

九年目の片想いについて誰かに言うつもりもないし、告白なんて絶対にしない。

「人のことを心配してる場合かよ」

想いに反比例するように、最近はそっけない態度ばかりとってしまう。

ぶう、と心花が頬をふくらませた。

「編入先の高校も決まったんだから、自分のことで心配することなんてないもん」

「電車通学になるけど、大丈夫？」

「電車……。あ、そうか」

我に返ったように大きな目をさらに心花は開いた。

俺のクラスはほとんどの生徒が、海北高校に編入する予定。『特進科』があるのはそこだけで、新たにクラスをひとつ増やしてくれるそうだ。

大学に行くつもりもないのに『特進科』に入ったのがそもそもの間違いだった。卒業したら就職をするつもりだから、今度の面談で『普通科』への編入を希望するつもりだ。親は烈火のごとく怒りまくるだろうが、これだけは譲れない。

「海北高校に行くには、電車を乗り換えなくちゃいけないんだよね？　うん、大丈夫。私、乗り換えにはすごく自信あるから」

「ウソだ。『すごく』は、心花がウソをつくときの口ぐせだろ？」

指摘するのと同時に、心花は泣きそうな顔に早変わりした。

「だって……私、方向音痴だし運動音痴だし……」

「運動音痴は関係ないだろ」

「あ、そうか」

天然な心花と話していると、つい笑ってしまいそうになる。そのあとすぐに、自分の気持ちがバレないか不安になり、そっけない態度と言葉で防御態勢をとる。

「しっかりしろよな」

ほら、こんなふうに。

——この気持ちは恋ではない。

呪文のように、何年も自分に言い聞かせている。

恋なんて永遠には続かない。『普通科』を希望すればクラスが離れるし、ひょっとしたら通う高校だって変わるかもしれない。町を出て就職すればさらに距離は遠くなる。

早くその日が来ればいいのに。その日が来なければいいのに。

相反する願いが常に頭のなかでせめぎ合っている。

「そうだ。四月からは駅で待ち合わせして一緒に行こうよ」

いいことを思いついたかのようにポンと心花が手を打った。

「それはないな」

「え、ひどい！」

「でかい声出すなって」

なんでも話せる友だちだったのに、好きになってからはなんにも話せなくなった。

心花が話をふってくるので仕方なく返している、という形が続いている。

「いいもん。菜月にお願いするから」

ツンとあごをあげ、心花は歩いていく。

うしろ姿になら素直になれる、そんな恋。

距離を取りつつ歩けば、やがて住宅地の向こうに校舎が姿を現す。

余命宣告された高校が、雪雲に支配され色あせて見えた。

冬は足早に夜を連れてくる。

授業が終わるころには、すっかり夜の景色になっていた。

窓ガラス越しに見える山が、影絵のように黒色に沈んでいる。うちのクラスだけ週に二回、受験対策という名目で八時間目の授業がある。科目は月ごとに変わり、今月は英語だった。

隣の席の女子が帰るのと同時に、芳川智春(よしかわともはる)がドカッとそこに腰をおろした。

「マジでだるい。脳みそがパンクしそう」

机にベタッと頬をつける智春。短めの茶髪にひょろながい手足が特徴で、オーバーサイズのブレザーをあえて着ている。

「ひょっとしてまた染めたの？」

前の席の心花が体ごとふり向いて、智春の毛先を指でつまんだ。

「んあ？」

ヘンな声をあげ、智春が体を起こした。

「次の高校に行くまでは禁止じゃねーし」

「反対してるわけじゃないよ。チャチャの色に似てるな、って」

「ネコと一緒にすんな」

「似てるよね？」

心花はいつも俺に同意を求めてくる。

「たしかに似てる。チャチャにあこがれてるとか？」

「んなわけねえ。このかっこよさがわからないなんて終わってる」

ふたりきりだとぎこちない会話も、智春がいれば普通に話せる。俺たち三人は、昔から兄妹に間違われるほどいつも一緒にいた。同じクラスになることが多かったこと、ひとりっ子という共通点がそうさせたのかもしれない。

今のクラスメイトから話しかけられるときは、なるべく短い言葉で話すゲームをしているみたいな感じ。新しい関係を築いたって、卒業したらバラバラになる。あまり親しくならないほうが、あとくされがなくていい。

「なんの話してんの？」

村田菜月が長い髪をかきあげながら心花の机の上に腰をおろした。

昔から知ってはいたが、クラスが同じになったのは高校生になってから。急速に心花と仲よくなったので、俺や智春と四人で話す機会が増えている。まあ俺は、ほどほどの距離を保っているが。

智春より少し暗めの栗色の髪は、毎朝ヘアアイロンを駆使してセットしていると聞く。スクールメイクもバッチリで、校則がゆるいとはいえ、何度か注意をされているのを見たことがある。

「チャチャだね、って」

「なによチャチャチャって」

菜月が、俺に説明を求めるように視線を送ってきた。

「うちで飼ってるネコの名前。智春の髪が毛の色にそっくり、ってこと」

「へえ、ネコ飼ってるんだ？」

「まあね」

「私が拾ったネコなんだよ。菜月も一緒に見に行かない？」

余計なことを言うな。慌てる俺に気づかず、心花は通学バッグからピンク色のスケジュール帳を取り出し、十二月のページを開いた。

「いつにする？　今日が十二月十九日でしょう？」

「違う」

ひと言で訂正した。心花は、手帳のカレンダーとにらめっこしている。

「え、何日だっけ？」

「自分で考えろ」

昔から俺は長男の役割。やんちゃな弟と、天然な妹の面倒を見ている感覚だ。

「ちょっと」と、菜月が透明なネイルの指先を俺に向けてきた。

「創生って心花に厳しすぎ。もっとやさしく教えてあげてよ」

ムッとする俺を無視して、菜月は心花のカレンダーに指先を着地させた。

「今日は二十日の金曜日――って、空白だらけじゃん」

「書こうとは思ってるんだけど、忘れちゃうの」

「じゃあ、わかってる予定を書いておこう。二十四日が終業式で二十五日からは冬休み。あ、二十九日に映画に行く約束したよね？　それも書いといてね」

最近では、菜月が姉の役になりつつある。俺がそっけないのも原因のひとつだろうから文句は言えないが、急に出てきた新しい登場人物に役を奪われたみたいで複雑だ。自分でもウジウジしてると思う。たまに言いすぎたことに気づき反省はするけれど、そのぶん早く心花から――いや、この町から去ってしまいたくなる。

菜月がスマホを取り出し心花に画面を見せた。

「この手帳アプリ使いやすいよ。通知もくるから忘れないし」

けれど、記入することで必死な心花の耳には届いていない様子。

心花はスマホが苦手だ。通学バッグの奥底で発掘されることが多く、たいてい電池が切れている。四人のグループＬＩＮＥだって、既読がつくまでの時差がすごい。

天井に向かって伸びをした智春が、「あーあ」とぼやいた。

「高校変わりたくねえなあ。家に帰るのが遅くなると、手伝う時間が減るし」

「冬休み中も家の手伝いをするの？」

菜月の問いに、智春は「当たり前だろ」とすぐに答えた。

「朝から晩までいるから遊びに来いよ。もちろんなにか買ってくれよな」

智春の家は子どものころから商売をしている。最初は雑貨屋だったが、途中で一瞬だけ喫茶店に変わり、七年前からはコンビニを経営している。

「受験勉強はどうするのよ。冬期講習とか行かないの？」

「言ってなかったっけ？　俺、大学には行かずにうちのコンビニで働くんだよ」

「え……それって本気？」

「本気も本気。コンビニの売り上げをあげて、この町ごと元気にしたいんだよ」

困った顔で菜月が俺を見てきた。

「でも、親は反対してんだろ？」

そう言うと、智春は苦い顔になった。

「『若いうちは都会に出ろ』とか『どんな大学でも出たほうがいい』とかうるさいんだよ。大学を卒業したって、結局コンビニに戻るなら四年間もったいないじゃん。そういう創生だって、都会に出ることを親に話してないんだろ？」

「……俺のことはいいんだよ」

自分の話になると思っていなかったから反応が遅れてしまった。

「え？」菜月が口をぽかんと開けた。

「創生も家を出るの？」

「そうそう。しかも創生も俺と一緒で就職するんだぜ」

答える前に智春が言った。

「へえ……てっきり地元の大学に行くと思ってた」

「まだちゃんとは決めてないけどな」

軽い口調を意識して言う。

心花の前でこの話をしたくない。大学について聞かれるたびにごまかしてきたのが水の泡だ。

そっと心花を見ると、意外にもニコニコと笑っていた。

「みんなちゃんと将来のことを考えているんだね。私はどうしようかな」

……なんだよそれ。てっきり反対されると思っていたのに。

「心花はあたしと同じ大学に行くの。成績だって似たようなもんだし、そうしようよ」

「うん。そうだね」

自分から離れようとしているくせに、なんでイライラしてしまうのだろう。心花にとっての俺はただの幼なじみ。そんなこと、ずっと前からとっくにわかっていたことなのに。

「で、なんの話だっけ？」

　これ以上、嫌な感情に支配されたくなくて、話題をもとに戻した。

「そうだった。チャチャを見に行く日を決めるんだった」

　慌てて手帳のカレンダーに目を戻す心花。

「来なくていい」

　思ったよりも低い声が出てしまったので、「ほら」と口調を和らげる。

「チャチャは人見知りだから、知らない人が来たら寿命が縮まる」

「正直に言うと、あたしネコが苦手なんだよね。昔、引っかかれたことがあってさ」

　菜月がこっち側にまわってくれたので、さすがにあきらめてくれるだろう。安堵のため息をつきつつ心花を見ると、なぜかぼんやりした顔をしている。

　しばらく宙に視線をさまよわせたあと、心花はパッと目を輝かせた。

　こういうときに思いつくことが、ろくなアイデアじゃないことは長年の経験で身に染みている。

「じゃあ、代わりに四人で遊ぼうよ。二十五日にみんなでクリスマスパーティをするのはどう？」

　珍しく悪くないアイデアが飛び出た。長期の休み中は、たまにチャチャの様子を見に来る以外、心花に会えない。会っても話すのは心花のほうばかりだけど、みんなとなら俺もそれなりに話すことができる。

「ごめん」と菜月が申し訳なさそうに言った。

「イヴとクリスマスはカレシとデートなんだよね」

菜月は三年生の男子と文化祭のころからつき合っているそうだ。ふたりでいるところを校内でも見たことはあるけれど、名前とかクラスは知らない。

「大丈夫だよ。カレシさんも入れて五人でパーティしようよ」

「いや、それはないし」

速攻で却下する菜月に、心花は不思議そうに首をかしげた。

「……ダメ？」

「そりゃダメだろ。クリスマスに邪魔したら一生恨まれそう」

智春が説明するが、心花は意味がわからないらしくしょんぼりしている。しょうがない、とわざとらしくため息をついてみせた。

「ほかの日にしたら？」

「あ、そっか。じゃあ、二十六日の木曜日ならいい？　一日遅れのクリスマスパーティだね」

用もないのにスマホを開きカレンダーを確認した。ほかのふたりもその日は大丈夫らしく、二十六日に集まることが決定した。

心花がうれしそうに笑っているから、俺までうれしくなる。

胸の高鳴りを抑えこみ、渋々という顔で予定を入れた。


橋の手前で今日もさようなら。

智春はコンビニの手伝い、菜月は塾があるため、心花とふたりきりだ。

「じゃあまたね」

心花が右手を上にあげた。

「ん？」

「ほら、早く手をあげて」

言われるがまま肩のあたりに右手をあげると、心花がパチンと手を合わせてきた。

「急になんでハイタッチ？」

「ハイタッチが今日からのブームなの。でも、今のはハイタッチじゃなくてロータッチだけどね。じゃあまたね」

笑顔だけを残し、心花の姿は夜にとけるように見えなくなった。

やっとひとりになれたという安堵感のすぐそばに、もう会いたい気持ちが顔を見せている。

恋は魔法ではなく、逃れられない呪い。どんなに避けようとしても、俺の日常をこんなにも侵食している。

白いため息をふり切るように俺も家へ帰ろう。

12月21日（土）

「いらっしゃいませ！」

元気すぎる声を店内に響かせたあと、入店したのが俺だということに気づいた智春が「うわ」と顔をゆがめた。

「創生かよ。言って損した」

土曜日は半日授業。夕方までだらだら家で過ごしてから、智春のコンビニに行くのが日課、いや、週課となって久しい。

「俺だって客だろ。それも常連中の常連」

「たしかにそうだな。じゃあ、常連中の常連さん、からあげ買ってくださいよ。そろそろリミットが近くてさ」

ホットスナック用のショーケースに、くたびれたからあげが取り残されている。

「夕飯前だからいらない」

「しょうがない。スタッフ割引にしてやるよ」

「そういう問題じゃない」

まだセールストークをくり広げるつもりなのだろう、口を開きかけた智春がレジに向かってくる客に気づき、にこやかな笑みを浮かべた。

「いらっしゃいませ」

カゴを受け取り、慣れた手つきでバーコードを読み取っていく。

「タバコの二十五番とからあげをひとつ」

「ありがとうございます。からあげは温めますか？」

「はい」

「承知いたしました。お会計、千七百十八円となります」

からあげを取り出しながら、俺を見てニヤリと笑う智春。コンビニの制服もすっかり様になっている。

客を見送ったあと、智春は自慢げにあごをあげた。

「からあげの命を救うことができてラッキー。あとは弁当がもう少し売れてくれれば、今日の廃棄、少なくて済むんだけど」

「上目遣いで見てもムダ。夕飯があるって言っただろ」

「スタッフ――」

「スタッフ割引にしてもいらないものはいらない」

もともと期待していなかったのだろう、智春はおかしそうに笑った。笑うと目が線になるのは昔から変わっていない。

「まだリミットまで時間があるから、今回は見逃してやるよ」

どこ目線の発言だよ。

「今日、おじさんとおばさんは？」

「おやじは夜勤だからそろそろ起きてくるころ。おふくろは買い物に出かけてる」

おじさんの寝室があるあたりの天井を見あげる智春。

二階が住居スペースになっていて、俺もコンビニになる前はよく遊びに来ていた。

「言ってなかったけど、一昨日おやじが倒れてさ」

「マジか」

「病院に担ぎこまれたんだけど、貧血だったらしい。でも、それからずっと落ちこんでてさ。なのに、おふくろは『これ以上人件費はかけられないから、ムリしてでも働け』なんて言うんだぜ？　結婚ってマジきついよな」

「大丈夫なのか？」

そう尋ねると、「ああ」と智春はうなずいた。

「俺も手伝うから大丈夫。高校を卒業したらもっとシフトに入れるし。今は反対してても、おやじだって歳だし、そのうちＯＫしてくれるはず」

自分を納得させるように言ったあと、智春がなにか思い出したように眉を下げた。

「そういえば、昨日はごめんな。創生が就職すること、内緒だったの忘れてた」

「いつかはバレることだし。それに、あの親を説得できるとは思えない」

おしぼりを補充しながら智春が笑った。

「お前んとこの親、おっかねえからなあ。俺も何度叱られたか。公務員のイメージが悪いのは、確実にお前の親のせい。で、親はなんて？」

「地元の大学に進み、公務員を目指せ。それしか言わない」

口のなかに苦いものが広がっていく。最後に言い争って以来、冷戦状態が続いているが、普通科に編入したいことをそろそろ伝えないといけない。

「無理やり就職を決めて家を出る計画なんだろ？　お互い親がアレだと苦労するな」

「だな」

俺の親は地元推しで、智春のとこは都会推し。親はいつだって『あなたのため』という自分勝手な正論をふりかざしてくる。それでどんなに子どもが傷つくのかも知らないで。

「とりあえず、海北に行けよ」

「え？」

ぼんやりしていたのだろう、反応が遅れてしまった。言われた意味がわからずにタバコを補充する智春の背中を見る。

「海北高校に？」

「今、普通科に変わることを言っちまったら、空きのある高校に行かされるかもだろ。とりあえず海北の特進に入ってから普通科に移ればいいじゃん」

「ああ、でも……」

「真面目なのはいいけど、心花が路頭に迷うのはかわいそう」

通学で迷子になる、という意味だろうが、言葉の使い方が間違っている。

「智春が一緒に登校してやれば？」

「やだね。そんなことしたら、勘違いされて新しい高校での出会いがなくなっちまう。それに、心花の面倒を見るのは創生の役目だし」

そんな役を引き受けた覚えはない。ムッとする俺に、智春は顔だけをこっちに向け、白い歯を見せて笑う。

「それに、俺も創生と一緒の高校に行きたいから。俺たち三人は――今は四人だけど、ずっと一緒だろ？」

そう、俺たちはずっと一緒だった。毎日のなかに存在しているのが当たり前で、固い絆で結ばれていると信じていた。

心花を好きになった俺に、この場所にいる資格はない。

まるでスパイのような気分だ。罪悪感を抱えながら潜入している感じ。こんな暗くてウジウジしている俺のことなんて、心花は絶対に好きにならない。

「俺はこの町を出るわけだし、一緒って言っても、あと一年ちょっとだけだろ？」

心花はこのへんの大学に進み、智春は実家を継ぐ予定。

まっとうな意見を述べたのに、智春は「うへ」と顔をしかめてからタバコの補充に戻った。

「創生って、たまにすげえ冷たいこと言うよな」

「そうかな」

「自覚なし、ってのがヤバい」

おもしろがっている口調に少しホッとした。

たしかにさっきの言い方は、高校を卒業するまでの縁だと言ったようにも聞こえる。今さら訂正しても言い訳に聞こえそうで、レジに吸盤でくっついている『クリスマスケーキ予約受付中』のポップのずれを直した。

「そういえばさ」

タバコの補充を終えた智春が、俺に体を向けた。

「二十六日、なんか準備してく？」

「カラオケに行くだけだろ？」

「そうだけど、仮にも『クリスマスパーティ』って名前がついてるし、プレゼントとか用意したほうがいいのかなって」

そんなこと考えてもいなかった。

ああでもないこうでもない、と話し合っているうちに数組の客がほぼ同時に入店したので帰ることにした。

今のところの結論は、プレゼントは買わないことになっている。

外に出ると、思ったよりも風が冷たくなかった。夕暮れはとっくに終わり、まだ六時前だというのに夜の景色になっている。

昨日の雪を忘れたかのように、空にはたくさんの星が浮かんでいる。星が見えない街に早く行ってしまいたい。

白いため息が、果てしなく黒い夜に溶けていく。

12月22日（日）

日めくりカレンダーをめくって、ため息。
去年の年末に心花がくれた——といっても『福引で当たったけど、もう買っちゃったから』と半ば強引に渡された——日めくりカレンダーを律儀に毎日めくっている。

いつからだろう、家にいると息苦しくなったのは。気分的なことじゃなく、実際に呼吸がしにくくて、気づくと犬みたいに口を開けてしまっている。

特に日曜日は親が家にいるせいで、いつも以上に酸欠になる。

昼ごはんまでは部屋にこもり、勉強をするフリで東京の家賃を調べたりした。想像以上に高いことに驚き、なにも東京に行きたいわけじゃないと思い直す。むしろ都会じゃなくても、県外で家から通えない場所ならどこでもいいのだから。

どんな仕事に就くかについては、ある程度候補を絞らないと。就職活動の期間を考えると、やはり学校が変わるタイミングで普通科に編入したほうが動きやすそうだ。

昼ごはんだと呼ばれ、部屋を出る。二階建ての家はもともと祖父母が住んでいた家だった。俺が幼いころにふたりが相次いで亡くなり、そこからは三人暮らしになった。

キッチンやリビングは、リフォームのおかげで洋風に様変わりしているが、やたら広い庭には松や柿の木が風景を邪魔するように生えている。

家では誰もテレビを見ない。食事のときはスマホも禁止のため、沈黙が場を占めることになる。

市役所勤めの父は、片道一時間かけて通勤している。帰りも遅く、仕事に精を出している様子。無口で趣味もなく、なにが楽しくて生きているのだろうか。

母は駅近くにある保健所で保健師として勤務している。こっちのほうが話しやすいが、家の方針は父に倣え。母だけに話したことも、筒抜け状態でその日中に父まで伝わっている。

ああ、息がしにくい。

俺の椅子にでんと座るチャチャ。でっぷり太っていて、まるでこの家の主のようだ。床におろすと「にゃん」と不満げに鳴いた。

昔はなついていたのに、今じゃ俺だけになついていない。

「学校はどうなんだ？」

父がチャーハンを食べながら尋ねた。俺に聞いたのかと思ったが、視線は隣に座る母に向いている。

「受け入れ先が増えるかもしれないから、年明けに改めて説明会をするみたい。そのあとはまた個別面談ですって。せめて、今の二年生が卒業するまで運営を継続してほしいって伝えているんだけど、返事がないのよ」

『今の一年生が卒業するまで』と言わないのが母らしい。誰だって、自分に降りかかる火の粉を払うのに精いっぱいで、他人のことなんて考えない。

それに、この話は一昨日もしたばかりだ。『進展なし』でいいのに、母はいつも言葉数が多い。

「特進科にいてよかったな。レベルは下がるが、海北高校なら近いし問題ないだろう」

チラッと父が俺を見た。くたびれた顔だと思った。

なにも答えずにチャーハンをかきこむ。食事は俺にとって早食い競争みたいなもの。高校に入ってからというもの、休日に外に出かけるとうるさいのでおとなしく家にいることが多い。

「智春くんや心花ちゃんも海北高校に行くんでしょう？ 智春くん、高校を卒業したらコンビニで働くって言い張っているみたいね。創生からも大学に行くように説得してあげてよ」

「なんで？」

「特進科にいるのに大学に行かないなんておかしいじゃない。コンビニなんていつでも継げるんだし、いい大学に行くのが当たり前でしょ」

急にチャーハンの味がしなくなった。モヤっとした感情がお腹のなかで生まれ、あっという間に喉元にせりあがってくる。

「あんたも同じように思ってるってこと？」

そう言ったとたん、父が机をぶったたきガシャンと食器が鳴いた。

「なんべん言わせるんだ！ 母親をあんた呼ばわりするヤツがあるか！」

「思ってるに決まってるじゃない」と、母は父をスルーした。

「親なら子どものしあわせを願うのが当たり前のこと。できる限りの努力をして、いい大学を出て、いい就職先を見つけてほしいって思ってるわよ。ねえ?」

「……ああ」

ブスっと答える父。

ふたりがうまくいっていないことくらい、ずっと前から気づいていた。今では、唯一共通する話題が俺の将来についてのことだ。普段は仲が悪いくせに、こういうときだけ結託して攻撃してくる。

幼いころは親の言うことが世界のすべてだった。でも、家族の温度が冷えていくにつれて、そうじゃないことに気づいた。

「おばさん、智春に都会の大学に行ってほしいんだって。俺も県外の『いい大学』に行ってもいいってこと?」

一瞬言葉に詰まったあと、みるみるうちに母は顔を真っ赤にした。

「それとこれとは話が違うでしょ。創生が目指すのは県立大学だけ。家を出るなんてダメに決まってるじゃない」

「くだらんことを言うな」

吐き捨てるように父も言う。

張りぼてみたいな家。酸素の少ない空間。薄っぺらな家族の絆。

この場所から早く逃げてしまいたい。そうしないと、酸欠で息ができなくなる。

「俺、面談では普通科を希望するつもり」

そう言うと、ふたりは双子のように揃って口をぽかんと開いた。

「それに大学には行かない。県外で就職する」

席を立ち部屋に戻った。

ふたりは大声でなにか叫び、俺の部屋の前でもわめいていたけれど、ヘッドフォンをつければ音楽しか聞こえなくなった。

なんだ、こんな簡単なことなら最初から言えばよかった。

嫌なことから耳をふさげば、少しだけ息がしやすい気がした。

12月24日(火)

終業式は雨だった。窓越しに見える川がぼやけていて、遠くの山は墨絵のようににじんでいる。

ホームルームが終われば、みんな冬休みに向かって教室を飛び出していく。と言っても、ほとんどのクラスメイトが学習塾の冬期講習に通うそうだが。

「最悪なんだけど」

菜月は朝からずっと空を恨めしそうににらんでいる。

「なんでイヴに雨が降るわけ？　せめて雪ならよかったのに」

「夜中には雪に変わるみたいだよ？」

心花の言葉に、菜月が顔をますます曇らせた。

「うちの門限はゆるいけど、さすがに夜中まではムリ。それに昨日、親とケンカしたから、これ以上怒らせたくないし」

そう言ってから「そうなの」と、ひとりで菜月はうなずいた。

「ケンカっていってもつまんないことだよ。ドライヤーを使いすぎって言われちゃってさ」

「でも今日の菜月はいつも以上にかわいいよ。これからカレに会うんでしょ。早く着替えに帰らなきゃね」

ニッコリ笑う心花に、「そう？」と一瞬で菜月の機嫌が直った。

「じゃあ、行ってくる。次は二十六日にカラオケだね」

立ちあがろうとする菜月の腕を心花がつかんだ。

「その前にね、みんなに提案があるの」

「提案？」

心花は俺たちへ視線を向けた。その目がキラキラ光っている。

「またなにか思いついた顔をしてる」

そう言うと、心花はうれしそうにはにかんだ。どうやら図星だったらしい。

「あさっては一日遅れのクリスマスパーティでしょう？　せっかくだからプレゼント交換をしようよ。予算は税抜き三百円で」

「遠足のおやつかよ」

「おやつをプレゼントするのもいいかも。智春のコンビニで買うとかでもいいし」

「それなら簡単。そのアイデアに賛成」

ニッと笑って智春が了承した。俺もまあ、とうなずいておく。

菜月が先に帰ると、教室には三人だけになった。

智春はいつものように机にベタっと頬を貼りつけている。昨日は遅番のバイトが急に休んだため、遅くまで手伝っていたそうだ。

「今日も仕事？」

「遅番のバイト、風邪引いててしばらく出られないってさ」

つまり、今日も遅番のピンチヒッターということなのだろう。

「智春の親も勝手だよな。都会の大学に行け、って言うわりに足りないシフトに入らされてんだろ？　智春が家を出たら回らなくなりそう」

「俺は大学行かねえし。創生もそうだろ？」

無意識に心花の反応を確認しそうになり、智春へと視線を戻す。

「まあ、な」

「煮え切らねえヤツ。俺なんて毎日のように言ってる。んで、毎日のように叱られてる。早く言っちまえよ」

「まあ、な」

俺もこないだケンカしたことを言えばいいのに、心花が気になってしまい言葉を濁した。

普通科に行くことも家を出て就職することもバレてるのに、心花を悲しませたくなくて……。

いや、こないだ智春がバラしたときはちっとも悲しそうじゃなかった。むしろ、いつもよりうれしそうだった気がする。

だったら話しても平気だろう。

「こないだの日曜日、あの人たちに言った。すごい剣幕で怒ってたけど、とりあえず俺の気持ちは伝わったと思う」

「すげえ。お前もついにやったか」

バッと顔をあげる智春に反し、視界のはしっこに映る心花の表情は浮かない。やっぱり少しは俺のことを？

「よくないよ」

心花が俺に顔を近づけた。

「おじさんとおばさんを『あの人たち』なんて言っちゃダメ」

なんだよそれ。俺が家を出ることじゃなく、言い方のことで注意してくるなんて。

『あんた』呼ばわりしているなんて言える状況じゃない。

「でもいいよね。ふたりともしっかりとした将来の夢があるんだもん」

ニッコリ笑う心花。俺が普通科に行くこともこの町を出ることも、心花にとっては関係がないこと。改めてそう言われている気がした。

「夢なんてない。俺はただ家を出たいだけ」

「それだって立派な夢だよ。私は、やりたいことをやる人を応援したいの」

こんなにそばにいるのに、俺の気持ちは届かない。心花のことを考えているのは俺ひとりで、向こうは一秒たりとも考えてくれない。

わかっていたことなのに、心花と話しているともどかしさでイライラする。

「ヤベ！」

急に智春が勢いよく立ちあがったので驚く。

「カズミンに呼び出しくらってたの忘れてた。秒で行ってくるから待ってて」

返事も聞かず、智春がダッシュで教室からいなくなった。

ふたりきりになると、俺は無口になる。意味もなくスマホを開き、暗いニュースばかりが並ぶネットの見出しを目で追う。

雨音が、教室のなかまで侵食してくるようだ。

心花は頬杖をつき、窓の外を眺めている。つるんとした頬が、教室の照明でいつも以上に白く見えた。

あまり見つめすぎるのもヤバい。

「雨が強くなってきたな」

そう言うと心花は景色を見たままうなずいた。

「今日は雨模様だね」

たまに心花の話す言葉が歌っているように聞こえることがある。今もそうだ。

「違う。雨模様は雨が降っているときには使わない言葉だぞ」

「え、そうなの？」

顔をこっちに向ける心花にうなずいてみせる。

「雨が降りそうな天気のことを雨模様って言うんだ」

ネットで見た知識をひけらかすと、心花は「そうなんだ」とまた歌った。

ふたりでいると、楽しくて切なくて悲しい。

窮屈な幸せをもうずっと感じている。

「創生はどこで就職するの？」

心花の問いに、俺も雨に目を向ける。

「決めてない」

「職種とかは？」

「それもまだ。親は公務員一択みたいだけど」

軽くうなずいた心花が、なにか考えるように灰色の空を見あげた。

「都会だと家賃が高そうじゃない？　例えば、お金が貯まるまでは寮がついている会社にするとかはどう？」

「寮？　会社の寮に住めるってこと？」

「うん」

心花がスケジュール帳を取り出し、ページをめくった。ノートのページにはなにやら文字がたくさん書かれている。

「ちょっと調べてみたの。創生の行きたい場所じゃないかもしれないけど、例えば埼玉県だけでも、独身寮を完備した会社はたくさんあるみたい。独身寮っていっても、アパートとかマンションみたいだから、プライベートも守られてるんだって。こういう会社を探してみたらいいんじゃないかな」

差し出されたページには、会社名と職種、初任給が丸文字で並んでいる。

いつも人のことばかり考えている心花だから、俺の夢についても考えてくれたのだろう。

うれしい気持ちと同じくらい、モヤモヤした感情がお腹で渦巻いている。

心花が悪いんじゃない。勝手に恋して、勝手にフラれた気分になっている俺が悪いんだ。

「心花は……」

痰がらみの声を咳払いで直す。

「心花は菜月と同じ大学に行くんだろ？」

「どうだろう？」

「違うの？」

前はそう言ってたはず。

「正直に言うと、どこの大学に行きたいとかはないんだよね。将来なにになりたいかも不明。みんなどうやって見つけてるんだろう？」

「まあ、俺も同じようなもんだし」

「そんなことないよ。家を出て就職する、って夢を応援してるからね。これ、参考になるといいな」

手帳のページに定規を当てて切り取り、俺に渡してくれた。改めて見ると、いろいろな職種が並んでいる。

「夢がないなら、心花も町を出てみるとか？」

思い切って尋ねると、

「それもいいね」

と答えた。

幼なじみだからわかること。ちっとも乗り気じゃない。

自分でも気づいたのだろう、心花は小さな手を胸の前で横にふった。

「そうじゃなくてね、本当になにがしたいのかわからないの。だって、私は一度死んじゃったから」

はたから見れば奇妙な会話でも、なにが言いたいのかはわかる。

「それって、あのときのこと？」

「そうそう」

やさしくほほ笑む心花にわざとため息をついてみせる。

「まだそんなこと言ってんのか。小三のときの話だろ？」

「だって本当に、死んだと思ったんだもん」

頬をふくらます心花。幼く見えるその顔が、あの日の心花と重なる。

「まさか海に落ちるなんてな」

「創生が助けてくれなかったら、今ごろお墓のなかだもん。私、トンカチだし」

「それを言うならカナヅチだろ」

なにかにつけてそのことを話すが、俺の記憶は正直あいまいだ。

覚えているのは、その日が大雪だったこと。堤防から転落する心花がスローモーションで見えたこと。海に飛びこみ、必死で心花の服をつかもうとしたことくらいしか覚えていない。

でも、いちばん覚えているのは、ずぶ濡れで救急車の到着を待っている間、心花が何度も『大丈夫?』と心配してくれたことだ。自分のほうが死にかけてるのに、なんで人のことばっかなんだよ。

寒さに震えながら真っ青な顔でなんとか俺を温めようとする心花。

たぶんあの瞬間、俺の恋ははじまったんだ。

「もう、忘れたよ」

そっけなく言い、意味もなくスマホをいじくる。強くなる雨音が「ウソだ」と騒いでいる。

12月26日（木）

クリスマスパーティと言えば、クリスマスツリーのLEDが輝くなか、チキンやケーキを食べるイメージ。プレゼントを交換し、温かい部屋でにこやかに談笑する。

俺たちも最初は駅前にあるカラオケに集合した。が、受付で散々待たされた挙句、繁忙期だからか一時間三十分というリミットつきで部屋にとおされた。

とりあえず二曲ずつ歌ったあと、次はどうするかの話し合いがおこなわれた。

ファミレスでも行こうかと話しているとき、心花が突然マイクを持って言ったのだ。

『みんなで花火をしたい』と。

誰もが冗談を言ってると思っていたようだが、俺にはわかる。このキラキラした瞳は、心花が本気の合図。

案の定、そばに置いてあるリュックから心花は花火のセットを覗かせた。

ということで、俺たちは今、アスファルトが敷き詰められた駐車場で花火をしている。いや、実際には風が強くてなかなか火がつかない状況だ。

「ねえ、もう帰ろうよ。こんなのおかしすぎるって！」

菜月が悲痛な声で叫んだ。

海から離れているとはいえ、近くに建物がないせいで冷たい海風が否応なく吹きつけてくるし、頼りない灯台は数十秒に一度しか光をくれない。おまけに天気も崩れはじめている。

「マジできつい。凍死するレベルルル」

寒さのあまり、智春は声まで震えている。

心花は、中学のときによく使っていたでかいリュックサックからマフラーを三本取り出し、俺たちに配った。

「花火をすればもっとあったまるよ」

そんなわけない。ツッコむよりもさっさと終わらせたほうが早そうだ。

花火セットから噴出花火を取り出し、なるべく風の弱い場所を選んで設置する。体で風をふさぎながら点火棒で火をつけた。

よし、ついた。離れると同時に、金色の火花が噴きあがった。風のせいで斜めに火花が噴出しているけれど、花火は花火だ。

「うわー、キレイだね」

よろこんでいるのは心花だけ。ガチガチと歯を鳴らす菜月が、「ねえ」と寒さに耐えきれず悲鳴のような声をあげた。

「あたしそろそろ門限だから帰りたい」

「菜月の家は門限ゆるいんでしょ？」

「う」と菜月が言葉に詰まった。

智春が俺の肩をトンとたたいてきた。

「お前からも言ってくれよ。俺、こんなとこで死にたくねえ！」

「ムリだな。心花は一度言い出したら聞かないから」

「ひでえ！」

夜空に向かって叫んだ智春が、体中で息を吐くと「よし」と気合いを入れた。

「こうなったらさっさと終わらせるしかねえ。一気に火をつけてやる」

俺の持つ点火棒を奪い取り、花火をかき集める智春。

「そうしてくれ」

正直、だんだん足の感覚がなくなってくる。

普段から天然だとは思っていたが、まさか真冬に花火をするとは思わなかった。どうりで昨日、【明日は寒さ対策をしてきてね】と数カ月ぶりにグループＬＩＮＥへメッセージを送ってきたわけだ。

智春が手持ち花火にまとめて火をつけて心花に渡した。いろんな色の火花と一緒に、すごい量の煙が立ちこめている。

はしゃぐ心花の顔が、花火の色に染まっている。

「おい、風船割れちゃうぞ」

「あ、ほんとだ」

リュックにくくりつけている赤い風船は、心花が智春からプレゼント交換でもらったもの。俺は、菜月がくれた青色の手袋をさっそくはめている。

俺が買ったのは、四月はじまりの卓上カレンダー。我ながらセンスがないと思うが、月ごとにたくさんの野良猫の写真が載っていて、ひと目で気に入ってしまった。

だが俺のプレゼントは、ネコ嫌いの菜月に渡ってしまった。かなり嫌そうな顔で『ありがとう』と言っていた。

風が強いので線香花火はあきらめ、ようやく帰途につく。

海のそばを離れると、さっきまでの寒さはウソみたいに弱まっている。

「まさか真冬に花火するなんて思わなかったけど、あれはあれで楽しかったな」

あんなに震えていたくせに、智春がテンション高めの声で言った。

「ちっとも楽しくない。髪だってこんなだよ」

不満の声をあげる菜月。

「菜月はどんな髪だってかわいいよ」

そんなことを言う心花に、菜月は「もうっ」と地団太を踏んだ。

「冬の花火はこれからはナシだからね。マジで風邪引きそう！」

菜月は本気で怒っている。それでも親友だから、これからも心花の無理なお願いにもつき合うのだろう。

川沿いの道を歩いていると、街灯がちらほら見えてきた。その向こうに、橋が夜に隠れるようにひっそりと架かっている。心花は橋の向こう側へ、俺たちは手前を右に曲がって帰る。

「今日はありがとう。とっても楽しかったよ」

心花がペコリと頭を下げた。リュックにつけたキーホルダーがカチャンと軽い音を立てた。心花の好きなキャラクターで、昔からそのグッズばかり集めている。

昨日、交換用のプレゼントを買いに行ったときにも、隣の店にそのキャラクターグッズが並んでいた。イヌとネコを混ぜたような顔のキャラクターだったが、名前は忘れた。

心花にプレゼントしようか迷ったけれど、結局買わないまま店をあとにした。

「智春、これありがとう。大切にするね」

赤い風船を心花が左右に揺らした。

「店の売れ残りだけどな」

「菜月もカレンダーありがとう」

「こら。内緒って約束したでしょ」

どうせそんなことだと思った。カレンダーだってネコ嫌いな菜月にもらわれるよりはよろこんでいるだろう。

「創生もありがとう。楽しかったよ」

こんな薄暗いなかでも、心花の笑顔は夜を溶かすほどの力を持っている。

風船を持っていないほうの手をあげ、心花がハイタッチの準備をした。仕方なく、という感じで俺も手をあげる。

乾いた音が鳴り、

「じゃあね」

と、心花は橋へ向かって駆けて行く。

ハイタッチしなければずっと一緒にいられるのかな。そんなことを考えてしまうなんて相当重症だ。

「あれ……」

白い息が口から漏れ、無意識につぶやいていたことに気づいた。

言いようのない不安が足元を這いあがってくる。

智春がポンと手を打った。

「さ、帰ろうぜ。風呂に入って温まりたい」

「ああ」

「来年こそは彼女ができてるといいなあ。二十六日じゃなくちゃんとクリスマスに祝ってやるからな」

空想の恋人に誓ってから智春が歩き出す。寒そうに体を縮こまらせながら、菜月も歩く。

俺の足は、意思に反し動いてくれない。

数メートル先でふり返った智春が、なぜか俺の頭上に目をやった。

「雪だ」

「え？」

見ると上空から白い粒がヒラヒラと舞い降りている。

菜月も空を見あげている。

「最悪。だったら今日デートすればよかった」

智春に促され、ようやく足の呪縛（じゅばく）が解けた。

雪はあっという間に激しくなり、風にあおられ吹雪みたいになっている。明日には、町が真っ白に染まっているかもしれない。

――それはまるで、あの日のように。

その言葉が頭に浮かぶのと同時に、足が止まった。

そうだ……心花が海に転落した日は、十二月二十六日だった。

あれからちょうど八年が経ったということか……。

激しい雪の降る夜だった。海の堤防から足を滑らせる心花が、脳裏で再現されている。

橋のほうへ目を向けると、当たり前だけど心花の姿はもうない。言いようのない不安が胸に広がっていく。

心花の住む家は、川の堤防近くにある。堤防につけられている転落防止の柵は膝までの高さしかない上に、川に向かって土で覆われた急斜面になっている。

街灯も心もとないレベルでしか設置されていないので、子どものころから学校では『使わないように』と言われ続けているが、守っている生徒は少ない。

まさか……堤防をとおって帰ってないよな。

そんなはずはない。あの事故以来、心花は水を極端に怖がっていたし、花火だって海からずいぶん離れた場所でやっていた。

思うそばから、どんどん悪い予感が胸に生まれている。

「ごめん。俺、ちょっと送ってくるわ」

「へ？　心花を？」

普段みんなで集まっても、こんなことは言ったことがない。

「こんなに遅くまで遊んだのは久しぶりだし、一応な」

そう言って駆け出すと、ふたりも遅れてついて来た。

橋の中央あたりまで来たときだった。暗闇のなか、赤いものが目の前をとおり過ぎた。これは……赤い風船だ。

さっき心花が手にしていた風船がなんで……？

風船は風に流され、すぐに見えなくなった。

と、同時に悲鳴が耳に届いた。今のは……心花の声⁉

血の気が引くのを感じながら必死で走り出す。

橋を渡り切り左へ進むとスマホのライトが見えた。誰かが川に向かって叫んでいる。

「ウソだろ……」

急斜面をずぶ濡れになったサラリーマンがのぼってくる。抱えられているのは——心花だ。

「心花！」

斜面を駆けおりると、真っ青な顔の心花が目に飛びこんできた。髪も体もびしょ濡れで、目を閉じぐったりしている。

——そこからのことは、あまり覚えていない。

智春たちが駆けつけたこと。

心花を堤防の上まで運んだこと。

救急車が到着するまで見知らぬ女性が心肺蘇生を試みていたこと。

気がつけば、俺は総合病院の薄暗い廊下に座りこんでいた。

痛いくらい両手を握りしめても、まるで感覚がない。

向かい側には智春と菜月が俺と同じように座っていた。

「大丈夫だよね。きっと、助かるよね？」

菜月の震える声にギュッと目をつむった。

なんでひとりで帰らせたのだろう。なんで堤防の道を選んだのだろう。なんで俺はこんなところに——。もう寒くないのにガチガチと歯が鳴り続けている。

集中治療室の自動ドアが開く音がして顔をあげた。

看護師に抱えられ出てきたのは、心花のおばさんだった。嗚咽(おえつ)を漏らしながらなんとか俺たちの前に来ると、耐え切れないようにしゃがみこんだ。

「おばさん、心花は……」

菜月の声におばさんはいっそう激しく泣いた。看護師は俺たちと目を合わせないようにうつむいている。

恐怖が俺を包みこんでいる。絶望が俺のすぐ前にある。

「ダメだったの。心花……ダメだったの」

「ウソだ！」

そんなはずはない。心花はついさっきまで一緒にいて、俺たちと花火をしていた。

おばさんはゆっくりと俺に視線を合わせた。

「亡くなったの。心花は……亡くなってしまったのよ」

雷に打たれたような衝撃が俺を貫いた。

菜月の泣き声と、智春が床をダンッと蹴る音が耳に届く。

——こんなこと信じられない。信じたくない！

頭を抱えて目をギュッとつむると同時に、激しい頭痛が襲ってきた。

床の感覚がなくなり、立っているのか座っているのかもわからない。

——心花……心花！

死んだなんてウソに決まっている。こんな現実ありえない！

ふいに、世界からすべての音が遠ざかった気がした。

暗闇のなかでは、誰の声も聞こえない。

ふいにまぶたの向こうに光を感じた。同時ににぎやかな音が秒ごとに近づいてくるような感覚。

「え……？」

目を開けると、まぶしい照明に頭がクラクラした。

そこは——教室だった。俺は自分の席に座っていて、周りにはいつものみんながいる。

心花もそこにいた。ニコニコほほ笑む姿に、大きく胸が跳ねた。

「心花……？」

カラカラの言葉は声にならず、かすれたような音が漏れるだけ。

ふいに心花が俺に顔を向けた。なぜかぼんやりした表情でじっと見つめたあと、心花はゆっくりと目じりを下げてほほ笑んでくれた。

ああ、心花だ。心花がたしかに目の前にいる。

涙で歪んでいく視界、その姿がぼやけないようにグッと体に力を入れた。

「正直に言うと、あたしネコが苦手なんだよね。昔、引っかかれたことがあってさ」

菜月が前髪を直しながら言った。

「じゃあ、代わりにみんなで集まろうよ。二十五日にみんなでクリスマスパーティしたいな」

そこでようやく気がついた。

「ごめん。イヴとクリスマスはカレシとデートなんだよね」

「大丈夫だよ。カレシさんも入れて五人でパーティしようよ」

この会話を俺は知っている。たしか、先週の金曜日にみんなで話した内容と同じだ。

俺は……夢を見ているのだろうか？

第二章

二度目の今日が終わるまで

12月20日（金）

「心花！」

椅子を鳴らして立ちあがると、心花が「ひゃ！」と短く悲鳴をあげた。

抱きしめたい衝動が抑えられない。心花は死んでなかったんだ。

近づこうとした瞬間、暖房のやわらかい風が顔に当たった。智春と菜月が驚いた顔で俺を見ていることに気づき足を止めた。

「ビビった。急に大声出すなよな」

どうして智春は平気でいられるんだよ。菜月だってあんなに泣いてたくせに。

「大丈夫……だったのか？」

ダメだ。泣いてしまいそう。

歯を喰いしばって涙をこらえているうちに、みんなが制服を着ていることに気づいた。

「あれ……なんで、俺たち教室に？」

三人は顔を見合わせたあと、一斉に笑い出した。

「お前まさか、一瞬で寝ちゃったわけ？」

おかしそうにお腹を抱える智春。

「夢まで見たってこと？　えー、すごくない？」

菜月までケラケラと笑っている。

「……ごめん」

めまいに似た感覚に襲われ、再度椅子に腰かけた。

「大丈夫だよ。私もたまに学校で寝ちゃうことあるし、夢を見たりもするから」

フォローしてくれる心花の声に無意識に閉じていた瞼(まぶた)を開けた。

どういうことだ……？　さっきまで俺たちは病院にいて泣いていたはず。なのに、なんで教室にいるんだよ。しかも、一週間前と同じ会話をしている。

信じられないことが起きている。今までのことが夢なのか、それとも今この瞬間が夢なのか……。

「なんの話してたっけ？」

手鏡で前髪を直す菜月に、心花が「そうそう」と身を乗り出した。

「カレシさんも入れて五人でパーティしようって話だよ」

「いや、それはないし」

やっぱりこの会話に聞き覚えがある。このあと、たしか智春が……。

「そりゃダメだろ。クリスマスに邪魔したら一生恨まれそう」

呆(あき)れた顔で智春が前回と同じことを言った。

やはりこれは夢なのだろうか……。

たしかにさっきまで病院にいたはず。心花が亡くなったことを告げられ──。

あの光景を思い出すと、ざわざわと胸が苦しくなる。机に投げ出した指先がおもしろいくらい震えていて、まるで自分のものじゃないみたいだ。

心花の死を受け入れられない俺が見ている夢なのなら、このまま醒めないでほしい。

あんなつらい現実に戻るのは絶対に嫌だ。

「とにかくクリスマスの二日間はダメ。友情も大切だけど、イベントのときは愛情を優先したいから」

菜月が鏡を机に置いた。

たぶん一週間前の夢を見ているんだ。あの日、クリスマスパーティをしたい、と心花が言い出した。

俺はあの日、なにを言った？　正解を言わないと夢が終わってしまうような恐怖を覚える。

「ほかの日にしたら？」

たしかそう言ったはずだと思い、セリフを口にした。

心花が「あ、そっか」と目を丸くした。

「じゃあ、二十六日の木曜日ならいい？　一日遅れのクリスマスパーティだね」

菜月と智春がスマホを開き予定を確認している間、俺は心花から目が離せなかった。

心花が生きている。口元に笑みを浮かべ、スケジュール帳のカレンダーになにか書きこんでいる。

「うれしいな。みんなでクリスマスパーティができるなんて」

心花がうれしそうに笑うから、俺も思わず頬がゆるんでしまう。

揺れる前髪、長いまつ毛、細い指先――なにもかもが愛おしくてたまらない。

でも、と心花の笑顔を見つめる。

これは夢の世界。現実の悲劇から逃れるために見ている夢なのだから。

どうか、一生醒めないでほしい。心花のいない人生になんて絶対に戻りたくないから。


橋の手前まで来ても、まだ夢は続いていた。

家の手伝いに急ぐ智春は途中から「お先」とダッシュして帰ってしまったし、菜月も塾があるので途中で別れた。

朝の雪はもうなく、空には冬の星が光っている。

「じゃあまたね」

心花は住宅地に続く細い道へと足を向けた。

「心花」

思わず呼び止めてしまったのは、もう二度と会えない気がして。

「あの、さ……」

ペンギン走りで戻って来た心花。俺を見つめる瞳に、「あの」とくり返した。

「クリスマスパーティ、やっぱり中止にできない？」

「どうして？」

「その……なんか悪い予感がするから」

いぶかしげに眉をひそめ、しばらく黙ったあと心花は顔をあげた。

「創生がカラオケ苦手なの忘れてた。いいよ、カラオケ以外にしても」

「そうじゃなくて、クリスマスパーティ自体をやめにしたいってこと」

「それはダメだよ。もう約束しちゃったし。気分が乗らないのなら、創生はお留守番でもいいけど」

ダメだ。肝心のことを言わずに中止に持っていくのが難しすぎる。

「いいよ。ちゃんと行く」

そう言うと、心花はうれしそうに口元に手を当てた。指の間から白い息が生まれては消えていく。

「幽霊じゃないんだな」と思わずつぶやいたが、心花には聞こえていなかった様子。

左側には堤防沿いの道が続いている。下には心花を呑みこんだ川がごうごうと豊かな水量で流れている。

「心花……この堤防の道ってとおってないよな？」

「もちろん。水が苦手なこと、知ってるでしょう？」

「知ってる」

「溺れてから、プールとかも行ってないし、なんなら顔を洗うのも怖いもん」

「じゃあなんで今日は……」

途中まで出た言葉を無理やり口のなかに戻した。

今見ているのは十二月二十日の夢だから、心花には意味のわからないことだ。

「なんでもない。でも、堤防の道だけはなにがあってもとおるなよ」

思ったより強い口調がこぼれたが、なぜか心花はクスクスと笑う。

「なんか俺、おかしいこと言った？」

「ううん。ただ、久しぶりに心配してくれたのがうれしくって。ほら、最近は私のことなんて興味ない感じだったから」

興味がありすぎてうまく接することができなくなったんだ。

そんなことを言えるはずもなく、

「興味はないけど」

と、また逃げる。

「それでもうれしい。大丈夫だよ。ここの道は絶対にとおらないから。じゃあね」

「ハイタッチがブームって言ってなかったけ？」

歩き出す心花に尋ねると、いたずらっぽい目でふり返る。

「やる日もあれば、やらない日もあるのです」

「なんだそれ」

去っていく背中を見送る。

うしろ姿を見ているときだけ素直になれる恋だった。好きだと何度背中に伝えても、本人に届くことはない。

この夢が醒めたら、地獄のような日々が待っているのだろう。心花のことを考えるだけの屍（しかばね）のような未来を思うと、悔しくて涙が出てくる。

せめて夢のなかだけでも想いを伝えられたら——。そんなことできるはずがない、とすぐに打ち消した。

橋を歩き出せば、見慣れたはずの景色がいつもより美しく瞳に映っている。

12月21日（土）

翌日になっても、夢は終わらないまま。

目覚めたときに自分がどこにいるのかわからなくなった。

学校で交わされる会話も同じ。返却された期末テストの点数までまったく同じだった。

だんだんと、頭のなかでひとつの答えが出ようとしている。

まさか、という気持ちでコンビニに行くが、会話の途中でやってきた客も前回と同じ恰好をしていた。

「タバコの二十五番とからあげをひとつ」

ぶっきらぼうな客にも、智春は笑顔を崩さない。

「ありがとうございます。からあげは温めますか？」

「はい」

「承知いたしました。お会計、千七百十八円となります」

からあげを取り出しながら、俺を見てニヤリと笑う智春。

いくら鈍い俺でも一日が過ぎてやっとわかった。

――これは夢なんかじゃない。

たぶん俺は、一週間前の世界に戻ったんだ。同時に、そんなわけないだろと否定する気持ちもある。

昔読んだラノベでも、『タイムリープもの』と呼ばれる作品はあった。何度も同じ日をくり返しながら、ラストで主人公はそのリープから抜け出すことができる。

「おかしな質問をするけど、タイムリープって信じる？」

タバコのカートンを包む透明フィルムをはがしながら、

「タイムリープ？」

と、智春が聞き返した。

「ある特定の日付に戻れるってやつ」

「なんだっけ、ハリウッド映画でそういうのあったよな。超有名な映画――」

「俺、タイムリープしたかもしれない」

意を決してそう言うのと同時に、バラバラと音がした。見ると、智春がタバコを床に落としていた。

「驚かすなよ。創生がそういう冗談言うなんてビビった」

「本当なんだって。来週の木曜日の世界にいたんだ。それなのに、気づいたら二十日に戻ってて――」

「なあ」と、智春がふり向いた。眉をひそめ、いぶかしそうな顔。

「なんかお前、昨日からヘンだぜ」

「俺は平気。それより、二十六日にさ――」

そこで言葉に急ブレーキをかけた。

ひょっとしたら誰かにタイムリープをしたことがバレたら、そこでゲームオーバーということもありえる。どんなルールが存在しているのかわからない以上、言動には気をつけたほうがいい。

「……悪い。冗談だった」

「そのキャラはやめとけ。あまりにも似合ってなさすぎ」

そう言うと、智春は床に落ちたタバコを棚に入れていく。店内のBGMがやけに大きく耳に届いている。

俺だけが二十日に戻ったということだろうか。だとすると、本当の世界にいた俺は、行方不明になっているということ？　逆に、この世界にいた俺はどこへ行ったのだろう？

わからないことが多すぎて頭が痛い。

数組の客がほぼ同時に入店したので帰ることにした。

空にはたくさんの星が浮かんでいる。

失って初めて気づいた。心花がいてくれたから、俺は生きてこられたんだ、と。

この世界のルールはわからないけれど、やるしかない。

心花を救うためなら、なんだってやる。

12月22日(日)

ここ数日はうまく眠ることができない。

目が覚めたときにもとの世界に戻っていたら……。それを考えるとなかなかベッドに入ることができず、寝てもすぐに起きてしまい、日めくりカレンダーを確認することのくり返し。

今ごろ心花はどうしているのだろう。いっそのこと、心花にすべて話してしまいたくなるが、どういうルールなのかわからない以上、行動には気をつけないと。

キッチンでやかんを火にかけ、昔読んだラノベをパラパラめくってみる。

たしかこの小説のなかでは、タイムリープしていることがバレるとゲームオーバーになるというルールがあったはず。が、いくら探してもそんな記述はなかった。

ドラマかアニメで見たのかもしれない。

どれに出てきたとしても、結局は作りごとだから現実に当てはまるとは思えない。

ただ、なにかひとつでも心花を救うためのヒントがほしかった。

やかんが騒ぎ出したので火を止めてコーヒーを淹れていると、階段のきしむ音がして母が顔を覗かせた。

「早いのね。もう勉強してるの？」

化粧っけのない顔に、「別に」と答えるが、なぜかこっちに近寄って来る。

「なに？」

ラノベをジャージのポケットにしまう。

「あのね。ちょっとだけいい？」

母がキッチンのカウンターに手を置いた。

「智春くんの話なんだけど、昨日、お母さんに会ったのよ」

「うん」

「智春くん、高校を卒業したらコンビニで働くって言い張ってるみたいね。創生からも大学に行くように説得してあげてよ」

たしか前もそんなことを言っていた。

「なんで？」

「特進科にいるのに大学に行かない選択肢はないわよ。コンビニなんていつでも継げるんだから」

「あんたもそう思ってるってこと？」

あのときは、『あんた』呼ばわりしたことで父にひどく叱られたっけ……。

「思ってるわよ」と母は当たり前のように答えた。

「親なら子どものしあわせを願うのが当たり前のこと。できる限りの努力をして、いい大学を出て、いい就職先を見つけてほしいって思うものよ」

両親は地元にある県立大学に進み、公務員になることを望んでいる。

それが子どものためになる、と本気で信じているのだろう。

あの日は結局ケンカになってしまった。『普通科に行く』と宣言したことで、家が壊れるかと思うくらいふたりは俺の部屋のドアをたたいた。

マグカップに湯を注ぐと、コーヒーの香りがふわりと広がった。

今はこんなことで言い争っている場合じゃない。

「智春を説得するのは俺ではムリ。人の家のことに口出しできないし」

「友だちだったらできるでしょ」

友だちだからできないんだよ。そんなことをこの人に言ったところで、わかってはもらえないだろう。

「考えとく」

脇をすり抜け二階へ向かう俺に、母はもうなにも言ってこなかった。

普通科に行く話も、県外で就職する話も今はどうでもいいこと。まずは心花を救うためにできる限りのことをしないと。

机に座り、デスクトップのパソコンをつける。父のおさがり品のせいで、起動するのにかなり時間がかかる。辛抱強く待ってから、インターネットのアイコンをダブルクリックした。

【タイムリープ】と打ちこんでみると、画面にずらりと候補が並んだ。

ひとつずつ読んでいきわかったことは、『時間を越えて過去や未来を旅することで、現代科学においては実現不可能』ということ。

それはそうだろう、俺だって今置かれている状況が信じられないままだ。

「ひょっとして……」

夢を見た可能性はないだろうか。いや、あの事故を含む一週間もの長い夢なんておかしすぎる。

それに……とキーボードの上に置いてある手を見つめた。横たわる心花を揺さぶったときの体の冷たさを今も指が覚えている。あれは夢なんかじゃない。

おそらく俺は、絶対に実現できないとされているタイムリープをした、ということだろう。やることはひとつ。心花を死なせないことだけ。

「あの事故をどうやって防ぐかだよな……」

インターネットのウインドウを最小化し、Ｗｏｒｄを開き、事故当日にすべきことを書いてみる。

12月26日にすること
①カラオケを予約する
②海で花火をする場合は家まで送る
③飛んでいった風船を追った可能性を排除する

こんなところだろうか。
①については、カラオケの時間を長くすれば海に行かないで済む。駅前にあるカラオケ店からの帰り道だと、川沿いの堤防を選ぶこともないだろう。
②についても同様で、花火をしたとしても家の前まで送れば問題はない。
③は念のためといったところ。
スマホを開き、カラオケ店の公式サイトから予約ページに飛ぶ。最初に『年末年始について』という文章が表示されていた。

『十二月二十四日から一月三日までは年末年始特別料金となりクーポンの使用はでき

ません。なお、期間中のご予約はできません』

開店時間になるのを待ちカラオケ店に電話をかけたけれど、愛想のない店員は予約ができないことをめんどくさそうに説明した。

出鼻をくじかれた恰好になるが、まだふたつ残っている。

「心花……」

今ごろなにをしているのだろう。前以上に会いたい気持ちが、勝手に体のなかからあふれてくる。

あの夜、青い顔で横たわっていた心花を思い出すたびに心臓が大きく跳ねる。

小三の事故のときもそうだった。海で溺れた心花を救いあげたときにも、彼女の死を心から恐れた。

八年後の同じ日に事故に遭ったことに、なにか意味があるのだろうか。

印刷した紙を壁に張りつけていると、母が昼食だと言いに来た。

聞かなくてもわかる。今日の昼食はチャーハンだ。

12月24日(火)

終業式はやっぱり雨だった。あれから四日が過ぎたものの、タイムリープは継続している。

不思議なもので、一度体験していることなのに忘れていることも多いことに気づく。朝食のときに、『カサ持っていきなさいよ』と母に言われ、初めて雨が降っていることに気づいたこと。壁時計の電池が切れていたこと。隣に住むおばさんに『学校がなくなるって本当?』と尋ねられたことも忘れていた。

毎日いろんなことを経験しているのに、細かい出来事を忘れていくのが人間なのだろう。

「最悪なんだけど」

菜月が心花の机に腰をおろし、窓の外をにらみつけている。この場面はまだ記憶に残っている。

たしか……『なんでイヴが雨?』みたいなことを言っていたはず。

「なんでイヴに雨が降るわけ? せめて雪ならよかったのに」

次は心花が雪について話していたっけ。

「夜中には雪に変わるみたいだよ?」

まるでドラマを二度見している気分だ。いや、同じドラマを撮影している俳優というほうが近い。

「うちの門限はゆるいけど、さすがに夜中まではムリ。それに昨日親とケンカしたから、これ以上怒らせたくないし」

「でも今日の菜月はいつも以上にかわいいよ。これから会うんでしょ。早く着替えに帰らなきゃね」

ニッコリ笑う心花をそっと眺める。こんな雨の日なのに、髪に艶が光っている。小柄なせいで座っているとさらに小さく見え、机に置かれた小さな手もかわいらしい。

「えっ⁉」

勝手に声が出てしまった。

「なによ。また夢でもみたわけ？」

菜月のツッコミに「いや」と首を横にふってから、もう一度心花を見る。

不思議そうに首をかしげる心花がいつもと違って見えた。どこが違うのか考えてみたがわからない。

「じゃあ、行ってくる。次は二十六日にカラオケだね」

立ちあがろうとする菜月の腕を心花がつかんだ。その手を見て気づく。つかまれた菜月の手よりもなんとなく薄い気がする。色白なのはもともとだが、輪郭が薄いというかなんというか……。

「その前にね、みんなに提案があるの」

ホクホクした顔で心花はプレゼント交換について話している。髪が、肩が、やっぱり薄いように見える。

菜月が帰り、俺たち三人が教室に取り残された。いや、違う。

教室の廊下側の席に、竜海が座っている。森上竜海はクラス一の優等生で、親が医者だと聞いている。勉強はできるのに人とのコミュニケーションは苦手らしく、クラスでも自分から話しているのはほとんど見たことがない。

前もいたのだろうが、気がつかなかった。

「ヤベ！」

急に智春が勢いよく立ちあがったので驚く。

「カズミンに呼び出しくらってたの忘れてた。秒で行ってくるから待ってて」

返事も聞かず、智春がダッシュで教室からいなくなった。

前はスマホに逃げたけれど、今は心花の体が薄いことがどうしても気になる。

「なんか、心花の体が薄く見えるんだけど」

竜海に聞こえないように小声で言うが、

「え、体が薄いってどういうこと？」

心花が大きな声で答えてしまった。竜海は参考書を見ているのか、じっと動かない。

「雨だからかな。なんとなくそう見えただけ」

雨音が教室に忍びこんでくるなか、心花は頬杖をついて窓の外を眺めている。意識して目線を黒板のあたりに向けてから、ふと前回のことを思い出した。俺の就職先の候補をメモってくれてたっけ……。

あのときは、俺がいなくなることに平気な様子の心花にモヤモヤしてしまったが、今思えば八つ当たりもいいところだ。

もしも心花が運命どおり死んでしまったとしたら、それこそこの町に留まる理由はなくなる。

『一度決まった運命は変えられない』

先週、心花に言った言葉を撤回しよう。運命を変えるために俺はここに来たのだから。

「創生はどこで就職するの？」

心花の質問に俺は同じように答えた。しばらくやり取りをしたあと、やっぱり心花はスケジュール帳に書いた就職先の候補リストを渡してくれた。

俺のために一生懸命調べてくれたことがうれしくて、

「ありがとう」

素直にそう言えた。

「創生がお礼を言ってくれるなんてうれしい」

「冷たい人みたいに聞こえるけど」

「そこまでは言わないけど、最近はあんまり楽しそうじゃなかったから」

好きになったからだよ。言いたい気持ちをこらえリストの丸文字に目を落とした。

「楽しいよ。心花といると楽しい」

「え……」

「心花とだけじゃない。みんなといると楽しい。ほら、うちはヤバい感じだから」

わざと明るく口にしたけれど、心花は表情を曇らせてしまう。

「おじさんとおばさん、教育熱心だもんね。だから、家を出たいの？」

「やりたい仕事もないのに家を出るってことは、たぶんそういうこと。だから、これサンキュ」

リストを持ちあげた。軽くうなずいた心花が、迷ったように「あのね」と口を開いた。

「思うんだけどね、おじさんもおばさんも一生懸命なだけなんだよ。ほら、私たちってひとりっ子だから、親にとっても初めての子どもでしょう？　どうしていいのか、おじさんもおばさんもわかんないんだよ」

「自分たちの敷いたレールに乗せようとしているようにしか思えない。わからないなら一緒に悩んでくれればいいのに」

この雨雲から逃れるためには、町を出ていくしかない。遠くへ行けば、天気も変わり陽も差すだろう。

そんなことよりも、今は心花の事故を防ぐことが第一だ。

「堤防沿いの道だけは絶対に使うなよ」

「またその話？　水が怖いのに、川のそばの道なんて使うわけないでしょ」

実際に使ったんだよ。言いたい気持ちをこらえて、「そう」とだけ答えた。これだけ念押ししておけば大丈夫だろう。

「創生は夢があっていいな」

ほう、とため息と一緒に心花は言う。

「俺の話、聞いてた？　家を出たいってだけだから、そんなの夢じゃないだろ」

「それだって立派な夢だよ。私にはなんにもやりたいことがないから……」

雨に負けるくらいに声が小さくなった。自分でも気づいたのだろう、心花は小さな手を胸の前で横にふった。

「そうじゃなくてね、本当になにがしたいのかわからないの。小学生のとき一度死にかけてから、生きてるだけでじゅうぶんだって思っちゃうんだよ」

「きっと見つかるよ」

「え？」

「心花がしたいことがきっと見つかる。そのためにも、長生きしないとな」

俺の対応が変われば、会話の内容も変わっていく。

こんなに素直に自分の気持ちを言葉にできたのは久しぶりだ。

けれど、心花の表情はあいかわらずだ。

「俺には予言の力があるんだ。だから、心花の将来は明るいよ」

「そう、ありがとう」

やっぱり浮かない顔で心花はおざなりの礼を口にした。よく見ないとわからないレベルだけど、確実に体の輪郭が薄くなっている。

「信じてないだろ？　じゃあ、ほかにも予言しとく。二十六日の夜、雪が降る」

「ウソ。だって天気予報は晴れだよ」

「知ってる。でも俺予報だと暴風レベルの激しい風が吹いたあと、大雪になる」

「え……困ったな」

きっと花火のことを考えているのだろう。

指摘すれば花火の計画はきっとなくなる。

その理由を説明すれば、きっと疑われる。

いろんな『きっと』が、真実を告げることを躊躇させた。

「ほかには予言ないの？」

「品切れだ」

そう言うしかなかった。

「わかった。じゃあ、その予言が当たったら信じるね」

心からの笑顔を見たいけれど、俺にはムリなんだな。それでもいい。今はとにかく心花の命を守ることが最重要任務なのだから。

「最悪！」

嘆きながら智春が戻って来た。

「茶髪をもとの色に戻せって言われた。廃校のニュースが出たら取材とかも来るから、って。そんな理由納得できねえし」

憤慨する智春をなだめていても、心花が心配でたまらない。

その笑顔を守るためならなんだってやるよ。なんだって。

12月26日（木）

クリスマスは終わったというのに、駅前はたくさんの人でにぎわっていた。気持ち程度に街路樹に巻きつけられたイルミネーションが光り、普段は伏し目がちで歩く人たちも顔をあげている。

昨日まで店先に飾られていたクリスマスの装飾はなくなっていて、一気に年末ムードが高まっている。

「ダメだった。一時間半しかいられないんだってさ。とりあえずそれでいい？」

カラオケ店から出てきた智春が俺たちを見渡した。

「じゅうぶんだよ。今日はそのあとみんなで行きたいところがあるから」

心花が背負うリュックには花火セットと、俺たちのぶんのマフラーが入っているはず。

菜月はストッキングは穿いているもののミニに近い丈のスカートだ。あの日いちばん寒そうな服装だったことを、事故が起きたせいで忘れてしまっていた。

暖かい服装で来るようにちゃんと言えばよかった。いや、今朝心花からのLINEで言われていたはずだから、寒さよりもオシャレのほうを選んだということだろう。

俺たちの部屋番号は26号室で、今日の日付と同じ。ホラー映画なら、不気味なアングルでプレートに書かれた番号を映すところだろう。

部屋に着くなり智春は、スーパーで買いこんできた惣菜を食べはじめている。菜月は流行りのアニメソングを披露し、心花が一緒に口ずさんでいる。

――いよいよ、今日か。

この数日はさらに寝不足が続いていて、コンディションは最悪だ。

「明日につなげようよ　君と一緒なら怖くない」

画面に表示された歌詞にこれほど共鳴したのは初めてのこと。いい曲をチョイスしている。

それぞれが二曲ずつ歌ったところで、クリスマスプレゼントの交換会がはじまった。

もちろん対策はしている。前回は左隣の人に渡すというルールが心花により発表されたので、入室するなり俺は智春と心花の間に割りこんだ。

「じゃあ、プレゼントは左隣の人に渡してください」

マイクを手に心花がそう言った。

「俺のはこれ」と、智春が赤い風船と小さなヘリウムガスが入ったスプレー缶を渡してきた。

「コンビニで売れ残ってるやつ。ていうか、こんなの売れるわけないよな」

「売れ残りをプレゼントにしたのかよ」

「そういうこと。これにつけてガスを入れると浮かぶんだぜ。ほら、貸せよ」

「いい。家でやる」

「なんで!?　せっかくだからやろうぜ」

強引に奪い取ると、智春は風船を膨らませた。

「いいなあ。風船ほしいな」

「やらんぞ」

心花をけん制しつつ、風船の先をスマホにくくりつけた。

リストの③をクリアしたことになる。あとは心花を送っていけば大丈夫なはず。

心花が俺のあげたネコのカレンダーをじっくり眺めている。

「かわいいね。ネコの写真がいっぱい」

「よかった」

「ね、去年創生にカレンダーあげたの覚えてる？　福引で当たったやつ」

「覚えてるもなにも、毎日めくってるよ」

むしろ、この一週間に関しては同じ日付を二回めくっている。

「私も。日めくりって楽しいよね」

「まあ、な」

答えるのと一緒にあくびがひとつ生まれた。まだ気を抜くのは早いのに、眠くて仕方ない。

ぜんぶのページを見終わった心花が、マイクを手にした。

「あのね。これからみんなで行きたいところがあるの。ううん、したいことがあるの」

小さな部屋なのにいちいちマイクを持つのがかわいらしい。

「ファミレスに行くんじゃないの？」

菜月の問いに心花は不敵な笑みを浮かべている。前回と同じ展開だ。

「みんなで花火をしたい」

「は？　今、冬だけど？」

「今年の夏に従妹(いとこ)が来たの。で、庭で花火をしてたらお母さんに怒られちゃって……」

「だからって冬にやるわけ？　このへんで花火ができるとこなんて海岸のとこくらいしかないじゃん」

「今年の花火は今年のうちに、って言うでしょう？」

絶句する菜月に代わり、

「そんなことわざはない」

と、ツッコんだ。前回は言えなかった言葉だ。

ピザをほおばっていた智春が「いいんじゃね？」と身を乗り出した。

「俺、何年も花火なんてやってねえから賛成しとくわ」

「やった！」

うわん、とマイクの声が響いた。

「海のそばなんて寒すぎ。心花だって泳げないんだからやめたほうがいいって」

菜月の心配はもっともだ。

「そうだよ。水に落ちたら危ない」

俺も加勢するが心花はなんのその。

「海のそばって言っても、駐車場から海までは距離があるよ。海には絶対に近づかないし、それにね――」

　そばに置いてあったリュックを手繰り寄せて、心花は花火と一緒に押しこんでいたマフラーを三本取り出した。

「これ貸してあげようと思って。菜月にはひざ掛けも用意したよ。防火性抜群のやつだから火だるまになることはないから安心してね」

　縁起でもないことを言ってのけた心花が、ネコのイラストが描かれたひざ掛けを取り出した。前はなかった気がするが、なにかの影響で行動が少し変わったのだろう。

「え、本気で花火をするつもりなの？」

　菜月の問いに、心花はリュックから花火のセットをチラッと覗かせて笑った。


「マジできつい。凍死するレベルルル」

　智春の震えた叫び声が、冬の空に吸いこまれていく。

　海沿いの駐車場に立つ俺らに吹きさらしの風が次々に攻撃してくる。菜月はひざ掛けのおかげか、前回ほど取り乱してはいない。

「花火をすればもっとあったまるよ」

　とんちんかんな心花のアドバイスに、

「んなわけねーだろろろ！」

智春が応戦するが、やっぱり声が震えている。

俺も寒いことは寒いが、それよりこのあと起きることが気になって仕方がない。スマホで確認すると、午後七時を過ぎたところだった。たしかあの事故が起きたのは八時半ごろだったはず。

花火セットから噴出花火を取り出し、なるべく風の弱い場所を選んで設置する。体で風をふさぎながら点火棒で火をつけた。斜めに火花をあげる花火を見て心花が拍手している。

「うわー、キレイ」

金色の光が心花を照らしている。あっという間に火花が消え、白い煙が火薬のにおいを運んできた。

心花の命を消してはいけない。無意識に握りしめていた手から力を抜く。

智春が俺にしがみついてきた。

「お前からも言ってくれよ。俺、こんなとこで死にたくねえ！」

前回は冷たく返したせいで、智春はまとめて花火に火をつけていたっけ。運命を変えたいのなら、行動を変化することも必要かもしれない。

「心花。智春が震えてる」

「え、本当に？　ごめんね、智春」

「謝らなくていいから、せめて春まで延期してくれ！」

心花は消えた花火に目を向けてからうなずいた。

「わかった。たしかに今日は花火日和じゃないよね」

心花の選ぶ言葉はたまに不自然だ。それを正すのも俺の役目のひとつ。

「花火日和って言葉は不自然だからな。なんとか日和、ってのは昼間に使う言葉だから」

「じゃあ、なんて言えばいいの？」

「どうだろう。花火にふさわしい、とか、花火をするのに恰好の夜、とか？」

耐え切れないように「おい！」と、智春が俺たちの間に割りこんできた。

「んなことはどうでもいいから帰ろうぜ。早く風呂に入りたい！」

花火をリュックにしまい、帰途につくことにした。前回よりもずいぶん早くに終わった形だ。

橋の手前までくれば、否応なしに前回のことが脳裏をよぎる。

……このあとに事故が起きたんだ。

ゴクリと思わずつばを呑みこんでいた。

「今日はありがとう。とっても楽しかったよ」

心花がペコリと頭を下げた。リュックにつけたキーホルダーがカチャンと軽い音を立てた。

「じゃあ、またね」

心花が俺にハイタッチしようと近づいてきた。

ここからの行動は、前回と大きく変えないといけない。

「まだだ」

「え？」

「俺、心花を途中まで送ってくから」

心花にではなく、うしろのふたりにそう言った。

「珍しい。ま、クリスマスだしね」

菜月がからかってくるので、「違う」と否定した。

「『途中まで』って言っただろ。ちょっと駅に行くついで」

「ふーん」

ニヤニヤしている菜月に、気持ちがバレてるのか心配になった。智春はどうでもいいらしく、足先がすでに家の方向に向いている。

ふたりと別れ、橋を渡り駅への道を歩く。少ししたら大きな交差点があり、そこを左に曲がれば心花の家に続く道。帰りを急ぐ車のライトが、流れ星みたいに俺たちを追い抜いて消えていく。

本当は家まで送りたいけど、あいつらに勘ぐられるのはイヤだし、心花にもヘンに思われたくない。川から離れてさえしまえば、きっと大丈夫。

「あ、雪だ」

心花が空に目を向けてから、俺を見た。

「すごい。創生の予言当たったね！」

「まあな。この雪はこれからもっと激しくなる」

「この靴滑りやすいんだよね。早めに帰らなきゃ」

おそらく堤防の道で風船を追いかけて足を滑らせたのだろう。見てもいないのに、その場面が脳裏に浮かんだ。

スマホで時間を確認すると、二十時十五分と表示されている。

「今日がクリスマスだったらよかったのにね。でも、キレイだね」

「だな」

雪の降りしきるなか、ずぶ濡れで横たわる心花が脳裏に浮かんだ。

あの事故を回避できたなら本当によかった。

「創生はクリスマスプレゼントでほしいものってないの？」

心花がいればじゅうぶんだよ。そう言いたい気持ちをこらえる。

「なんにもない」

「えー、ひとつくらいあるでしょ。三百円以内じゃなくていいから教えてよ」

「どうだろう。じゃあ、心花の好きなキャラクターのキーホルダーとかは？」

「え、創生も好きなの？」

「そういうわけじゃないけど、心花と言えばあのキャラクターだし、まあ……かわいいし」

「自分の好きなものを好きになってくれるってうれしい。じゃあ、今度プレゼントするね」

急に頬に熱を感じた。今、雪が顔に落ちたら一瞬で溶けてしまうだろう。

「風船、元気ないね」

パンツのうしろポケットから赤い風船が出ている。かろうじて浮かんでいる感じだ。

「ガスをもっと入れればよかったけど、もう口を閉じたからムリだろうな。――いる？」

「あ、ううん。それは創生がもらったプレゼントだし、風船ならうちにすごくたくさんあるから」

そう言いながらも、チラチラ風船を目で追っている。『すごく』は、心花がウソをつくときの口ぐせだ。

堤防の道はもうはるかうしろ。ここまで離れてしまえば大丈夫だろう。

「やるよ」

スマホにくくりつけた紐を外して渡すと、心花はうれしそうに受け取った。

心花がよろこぶならなんだってやるよ。そんなこと言えるはずもなく、交差点で足を止めた。

「じゃあまたな」

「またね。はい、今度こそハイタッチね」

心花と同じ高さに手をあげつつ、ふと思った。

「ハイタッチって意気投合したときとかにしない？　別れのタイミングですることって少ないと思うんだけど」

「クセになってるのかも。これをしないとバイバイできない、って感じがするから。ほら、早く」

パチンと手を合わせると、心花は横断歩道を渡っていく。青色の信号がほのかに周辺の雪をその色に染めている。

意味もなく自分の右手を眺める。舞う雪が手のひらに落ちて、溶けた。

これまでも心花のマイブームはいくつもあった。消しゴムを集めたり、『おはよんさま』と言ったり、硬いグミにハマったり。

どれも数日で飽きていたのに、今回のハイタッチに関してはやけに熱心だ。まあ、心花にとっては同じ一週間での出来事だから仕方ないか。

俺は駅のほうに続く横断歩道に足を踏み入れた。

「あ、風船」

心花がそう言った。風船が心花の手を逃れ、横断歩道を先に渡ろうとしている。ガスの量が少ないので、心花の身長と同じ高さで風に流されている。

風船に追いついた心花が俺のほうをふり向くのと同時に、俺の足先をかすめた車が、すごい勢いで通り過ぎた。慌ててハンドルを切ったのか、ありえない方向へ突進して――。

次の瞬間、世界を壊すほどの大きな音がした。

歩行者信号がへんな形に曲がっていて、車が空に向かって飛び立つように斜めになっている。

信号の光を失った横断歩道は暗く、ガラス片が星のように光っていて……。

「……心花？」

フラフラと横断歩道へ歩いていくと、運転席から降りてきた白髪の女性が地面に膝をついた。

「違うの。ブレーキが利かなかったの！」

なんで俺にそんなことを言うんだよ。そんなことより心花はどこだ⁉

車から、今にも爆発しそうなほどの黒煙があがっている。赤い風船が風にあおられ、車体の下から顔を出した。

「心花……。心花！」

返事をしてくれ。どこにいるんだよ！

駆けつけたサラリーマンが電話で救急車を呼んでいる。

「女の子が轢(ひ)かれました。早く来てください！」

女の子……？

声がどんどん遠ざかっていくのに反し、割れるほどの頭痛が俺を襲った。

立ち止まっている場合じゃない。轢かれたのが心花だとしても、救急車が到着するまでの間、なにかできることがあるかもしれない。

止血して、心臓マッサージをして、それから、それから……。

横断歩道を渡りきり車体の奥へ足を進めると、そこに心花がいた。

歩道にあおむけに倒れている心花。風船よりも赤い血が歩道に広がっている。

「ウソだろ……」

心花は空を眺めるように両目を開いている。

けれど、その瞳は濁っていて、もうなにも見ていなかった。

第三章　夜を走る

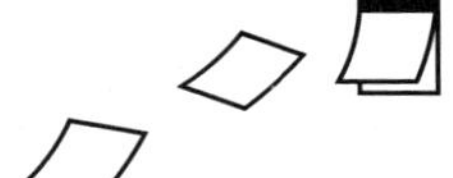

12月20日(金)

一気に目の前が明るくなり、まぶしさに目をつむった。周りの温度が急にあがったらしく、心臓がグッと痛くなった。

ゆっくり目を開けると、ここは……教室だ。

心花は自分の席に座りなにか話している。楽しそうに、うれしそうに。

全速力で走ったあとのように息が切れている。

「どうかした？」

智春の声にギュッと目をつむり首を横にふった。

なにが起きたんだ……？　目を開けると、心花と菜月が話している。

「正直に言うと、あたしネコが苦手なんだよね。昔、引っかかれたことがあってさ」

菜月が前髪を直しながら言うのを、信じられない気持ちで見る。

一呼吸置いて、心花が「じゃあ」と明るい声で言った。

「代わりにみんなで集まろうよ。二十五日にみんなでクリスマスパーティしたいな」

心花の提案に菜月がなにか返事をするけれど、頭が混乱しすぎていてうまく聞き取れない。

机に転がっていたペン先で左の手を刺すと、たしかに痛みを感じる。夢じゃないってことだ。

俺はまた二十日に戻ってきた。そういうことなのか……？

同じ一週間を三度もくり返しているなんて、自分でも信じられない。

「ごめん。イヴとクリスマスはカレシとデートなんだよね」

「大丈夫だよ。カレシさんも入れて五人でパーティしようよ」

三度目の会話が目の前でされている。同じ舞台を何度も見ているようだ。

心花が生きていてよかった……。

ふいに視界がぐにゃりとゆがんだ。ホッとして泣きそうになっているのか、気温の差なのかわからないけれど、とにかく戻ってこられたんだ。

気づかれないようにさっと手の甲で涙を拭う。

なんであんなことになってしまったのだろう……。

同じ時刻に車両事故が起きるなんて想像もしていなかった。二度も、心花が亡くなるところを見てしまった。

俺を避けようとした車がハンドルを切ったせいだとしたら、今回の原因は間違いなく俺にある。家まで送るべきだった。不測の事態に備えて行動すべきだった。

ああ、心花が笑っている。前以上に愛しく感じる笑みが視界を潤ませる。

「そりゃダメだろ。クリスマスに邪魔したら一生恨まれそう」

智春がそう言った。最初のとき、俺が『ほかの日にしたら？』と提案したから、みんなでクリスマスパーティをすることになった。

じゃあ、もしも二十六日にみんなが集まらなかったとしたらどうなるのだろう。

心花があの時間にどこかから帰る可能性は薄まるが、逆に俺がその日そばにいる理由がなくなってしまう。

「ほかの日にしたら？」

そばにいて守るためにはこう言うしかないのだろう。

「あ、そっか」と、心花が言った。

「じゃあ、二十六日の木曜日ならいい？　一日遅れのクリスマスパーティだね」

そこでやっと気づいた。心花の体がまた薄くなっている。輪郭だけじゃなく、全体的に色が薄くなっているせいで、逆に浮いて見える。

同じ時間をくり返すたびに薄くなるのだとしたら、このタイムリープには回数制限があるのかもしれない。

俺は心花を救うという使命を与えられたんだ。机の下で握りしめたこぶしにさらに力を入れた。

——今度は絶対に失敗しない。

そのためにも俺にできることはすべてやる。どんなことでも。

12月22日（日）

ベッドに寝ころび、日めくりカレンダーをずっと眺めている。今日の日付を見るのもこれで三度目だ。

昨日は寝ているだけで一日が終わってしまい、智春のコンビニに行くことができなかった。今日になっても眠気が去ってくれず、だらだらと過ごしているだけ。

理由はわかっている。十二月二十六日の夜から二十日の夕方にタイムリープするということは、俺だけ一日が長いことになる。一昨日の夜は、心花を死なせてしまった罪悪感のせいか、ほとんど眠れなかった。

「タイムリープの時差のせい」

つぶやいてから、ため息をひとつ。そして、ふたつ。

枕元に置いた用紙を広げてみた。パソコンで作った用紙は、前回も作った事故当日にすべきことのリストだ。

12月26日にすること

①川沿いの道に行かせない
②交差点に近寄らせない
③確実に家まで送る
④タイムリープを終わらせる

雪が降りはじめてからしばらくは特に注意が必要だ。時間でいうと八時半あたりだろうか。

二回やり直しをしたことで、心花の体はさらに薄くなっていた。何度もくり返してしまうと、いつか消えてしまうだろう。

「あと何回……」

口元をキュッと閉じた。これ以上、好きな人が亡くなるところなんて見たくない。

絶対に今回で終わらせなくては……。

気をつけることは、ふたつの事故を避けることと、確実に家まで送り届けることだ。ひとりで送るよりも智春がいてくれたほうが安心かもしれない。

智春にメッセージを送ると、今日は休みらしくダラダラしているらしい。

【買い物につき合って】と送ってから、昼ご飯を食べに下におりた。

メニューはやっぱりチャーハンだった。父と母の向かいの席に腰をおろし、智春からの返事を見る。

【いいよ　何時?】

【一時ごろ駅で】

【OK】

スマホをしまっていると、

「学校はどうなんだ?」

父が母に尋ねた。

「受け入れ先が増えるかもしれないから、年明けに改めて説明会をするみたい。そのあとは——」

このやり取りも三回目だ。『普通科に行く』と言ったことで大騒動となったが、今はケンカをしている場合じゃない。

「特進科にいてよかったな。レベルは下がるが、海北高校なら近いし問題ないだろう」

チラッと父が俺を見る顔がつかれている。

「たしかに」

と答え、チャーハンを食べ進めた。

「そういえば」と母がカチャンとスプーンを置いた。

「智春くんや心花ちゃんも海北高校に行くんでしょう？　智春くん、高校を卒業したらコンビニで働くって言い張ってるみたいね。創生からも大学に行くように説得してあげてよ」

前まではこの言葉をきっかけに、どんどん険悪な雰囲気になっていったはず。

「今日会うから言っとくよ」

そう言うと、母はなぜか顔をゆがめた。

「今日？　なんで？」

なるほど、そうきたか。日曜日に外出することをとがめているのだろう。

「智春、冬期講習に行くかもしれないって。俺も興味あるから見てみたくて」

「創生は行かない、って言い切ってたじゃない」

うるさいな。今はそれどころじゃないんだよ。

「海北高校の特進科、けっこうレベルあがってるらしくてさ。冬の間に少しでも学力をあげたいと思ったんだけど、ダメならいい」

言い方がキツくなってしまった。慌てたように母は首を横にふった。

「ダメじゃないの。ただ、ちょっとびっくりしちゃっただけ。ねえ？」

助けを求められた父が、

「行ってこい。金のことは気にするな」

珍しく穏やかな声で言った。

食べ終わり身支度を整えてから家を出た。

胸のなかがモヤモヤと渦巻いている。

俺は、本当に普通科に行きたいのだろうか。家を出たい気持ちは変わらない。あそこにいれば俺の将来は望まない方向へ流れていくだけ。

でも……俺が行きたい場所に心花はいない。

二回失ってから気づいた。自覚している何倍も、俺は心花のことが好きなんだ、と。

駅前に『駅ビル』と呼ぶにはさみしい規模の商業ビルが併設されている。

エレベーターで三階にあがると、目的の三百円ショップがある。ほかには、激安の洋服店や宝石店、保険の代理店など統一感のない店が並んでいる。

「なんで俺も買わないといけないわけ？」

　さっきから不機嫌さ全開で智春が引っついてくる。三百円ショップは混んでいて、すれ違うのも大変なほどだ。

「だから言ったろ。二十六日にプレゼント交換があるんだって」

「んなこと、誰も言ってなかったぜ」

「明後日、言われるんだよ」

「じゃあ、俺んちの商品にするわ。売れ残ってるやつけっこうあるから」

　下唇を突き出す智春に、

「風船はやめとけ」

　と釘を刺した。

「うお。ちょうど風船セットのことを考えてた。なんでわかったわけ？」

「クリスマスの売れ残りだろ。セール品のカゴに入って――。いいからなにか買えよ。そのあとちゃんと説明するから」

　先に買い終えたので、隣にあるキャラクターグッズの店へ行くことにした。

　心花がバッグにつけているキーホルダーに描かれたキャラは、少し前のアニメに出てきたものだそうだが、テレビを見ない俺にはわからない。なんという名前なのかも知らない。

『新発売』と書かれたＰＯＰの下に、そのキャラクターのぬいぐるみが売っていた。

手に取ると、イヌにもネコにも見える不思議なキャラクターがにっこり笑っている。かわいいが、これはさすがにでかい。隣にあったキーホルダーを買うことにした。

　智春に見つかる前にレジに向かい、一応ラッピングをしてもらってからリュックに押しこむ。

　別に愛の告白をするためじゃない。何度も死なせたお詫びというか、なんというか……。

　自分に言い訳しているうちに智春が三百円ショップから出てきたので、五階にあるフードコートに向かった。

　ここはさらに混んでいて、席を取るのも大変なほど。学生が多いと思っていたが、むしろ親子連れに占拠されている感じ。小さな子どもの泣き声がいたるところから聞こえてくる。

　タコ焼きとジュースをおごり、はしっこのふたりがけのテーブルについた。

「いや、この町にこんなに人がいるなんてビックリだよな」

　おごってもらったのがうれしかったらしく、智春は上機嫌でタコ焼きにかぶりついている。

　今日は智春に今起きていることを話すつもり。誰かに話してしまったらタイムリープが終わるかもしれないが、そういう類の作品にはたいてい協力者がいるものだから。

「智春に聞いてほしいことが――」

「うちのコンビニも駅のそばで開いてれば、売り上げで悩まずに済むのにな。でも、やっぱり駅前は家賃も高いだろうし」

「あ、うん」

「橋の向こうにもコンビニができたし、最近は経営がうまくいってなくてさ」

「智春、あのな――」

「うちは二階に自宅があるだろ？　そういう物件もなかなかなくて、でも、寝てるときに入店のチャイムが聞こえるのは勘弁してほしい」

困った顔で茶髪の頭をガシガシかいている。

これじゃあなかなか本題に入ることができない。

「あのさ」と、声に力を入れた。

「智春って、タイムリープって信じる？」

いきなり核心をつく質問をしてしまったが、智春は平気な顔でジュースを飲んでから肩をすくめた。

「タイムリープってアニメとかのやつだろ？　俺、アニメ見ねえし」

「アニメの話じゃなくて、実際に起きたとしたらどう思う？　例えば俺が、同じ七日間を何度もくり返してるとしたら」

「はっ」とひと言で笑い飛ばすと、智春は体をのけぞらし足を組んだ。

「なんかハマってるアニメがあるんだろ？　残念ながら興味なし」

どうやら智春に理解してもらうことはあきらめたほうがいいらしい。

「じゃあ、二十六日のことでお願いがあるんだけど、帰りに心花を家まで送るのつき合ってよ」

「ほえ？」

たこ焼きを食べる手が止まった。

「心花を家まで送る？　ていうか、カラオケからならあいつの家のほうが近いじゃん」

「そうだけど、一緒に送ってほしいんだよ」

ひとりでは防ぐことができなかった。絶対に失敗できない今回こそ、確実に心花を家に送り届けたい。

「よくわかんないけどいいよ」

智春が同意してくれたことに驚いてしまう。てっきり反対されると思ってた。

「ただし」と、智春はタコ焼き用のつまようじを俺の前に立てた。

「心花を送ったあとは菜月のことも送ること。こういうのは平等にしないとな。物騒な事件も多いし」

「事件？」

「通り魔事件のこと知らねえの？　隣の駅だけど、うちのコンビニにも警察官が情報を求めて何回か来たぜ。もうこれで三人もの女性が切りつけられてんだって。軽傷らしいけど怖いよな」

慌ててスマホを開くがネットニュースには載っていなかった。

毎日は事件に満たされている。自分には関係ないと思っていても、すぐ隣で起きることもあるんだな……。

タイムリープのことは話せなかったけれど、心花を送ることはできそうだ。

「でさ」と、タコ焼きを食べ終えた智春が俺に顔を近づけてきた。

「正直に答えろよ。お前、心花のこと好きになったんだろ？」

「は？」

自然に不機嫌そうな顔を作ってみせた。

「心花を見る目や態度が違うってことくらい俺にだってわかる。ぶっきらぼうだったりやさしかったり。ついに自分の気持ちに気づいたってこと？」

「マジでやめろ。そんなわけないだろ」

「本当に？」

智春の目を正面からとらえ、しっかりうなずく。が、智春は疑いの目で見返してくる。

「だってよ、菜月も同じこと言ってたぜ？」

菜月に疑われているとは思わなかった。女子の洞察力はあなどれないな……。

「なんと言われても俺は無罪だ。菜月にもそう言っといて」

「そういうことにしといてやる」

とりあえず納得してくれたということだろう。

「でもよ」と智春がニヤリと笑った。

「どのみち創生は高校を卒業したら町を出るわけだしな。心花以外にもいい女はたくさんいるから元気出せ」

いつの間にか俺はフラれたことになっているようだ。

心花以外の女性がたくさんいることはわかってる。でも、どの人も心花じゃない。それが苦しいんだよ。

すっかり食欲がなくなってしまった。冷えたタコ焼きを口に入れてから店内を見渡す。

心花がここにいてくれたらな、と心の声が聞こえる。

12月24日（火）

心花提案のプレゼント交換の話が終わると同時に、菜月は帰って行った。

教室には俺と心花、智春が残っているという流れはこれまでと変わらない。廊下側の席では気配を消すように体を小さくした竜海が参考書を広げている。

カズミンからの呼び出しをくらった智春がいなくなると、雨の音が強くなった。

心花の体は薄いまま。雨を見つめる横顔がいつか消えてしまいそうで不安になる。

「なあ、心花」

「ん？」

「俺が町を出て就職すること、応援してくれてんの？」

さっき心花がくれた就職先リストを見たまま尋ねた。

俺のために調べてくれたことはうれしいけれど、離れることを受け入れているみたいでいつも複雑な気持ちになる。

迷うことなく心花は「うん」と大きくうなずいた。

「夢がある人のことは応援するよ。私は生きてるだけでじゅうぶんだから」

前もそんなことを言ってたよな。こういう話が苦手なのか、表情が浮かない。

鏡がなくてもわかる。きっと俺も同じような表情をしているのだろう。

「そろそろ智春、戻って来るよ」

沈黙をとりつくろうと、心花が首を傾げた。

「今、呼ばれたばかりなのに？」

「俺は予言者だからわかるんだ。智春、髪の色をもとに戻せ、って言われて怒りながら戻って来る」

「あー、たしかに怒られてそう」

やっと心花の表情が和らぎ、ホッと胸をなでおろす。

「最悪！」

わめきながら智春が戻って来た。

「茶髪をもとの色に戻せって言われた。廃校のニュースが出たら取材とかも来るから、って。そんな理由納得できねえし」

「いいからいいから。とりあえず帰るぞ」

強引に智春を連れて教室を出ると、心花が隣に並んだ。

「当たったね」

「だろ？　あれくらいの予言は余裕」

「みんなで遊ぶ日は晴れるの？」

「それについては天気予報を確認したほうがいい。ただ、みんなに厚着をするように伝えたほうがいいかも」

前回も前々回も、心花ほど花火を楽しめなかった俺たち。防寒対策を促せば、前ほど厳しい状況にはならないだろう。

昇降口までみんなと一緒に降りたが、靴箱の前でスマホがないことに気づいた。

「ごめん。忘れ物したから先に行ってて。すぐに追いつくから」

階段を駆けあがり教室に戻ると、竜海はまだ参考書に目を落としていた。黒髪に黒縁のメガネ、やたら姿勢がよくて細身の体。

自分の席へ戻り片手をつっこんでスマホを取り出した。

「藤井は、予言者なの？」

雨に負けそうなほどの小さな声が聞こえた。

「え？」

「さっき予言してたよね。あれって本当のことなの？」

竜海は机とにらめっこをしているみたいにうつむいたままで尋ねた。

聞かれていたとは思わず、

「いや、偶然」

そっけなく答えてしまった。

「芳川が髪のことで注意されることを、前もって先生から聞いてたとか？」

普段は話しかけてこないくせに、なんでこの話題に喰いつくのだろう。この話は終わりにして教室から出よう。

「偶然だって」

教室のうしろの扉に向かっていると、竜海が前を向いたまま言った。

「君はタイムリープをしているんだよね？」

足を急停止させたせいで靴底がキュッと鳴る。

キミハタイムリープヲシテイルンダヨネ？

「え……なんで？」

通学バッグのなかに参考書をしまうと竜海が立ちあがり、やっと俺と目を合わせた。

「ふたりは先に帰ったの？」

「質問に答えろよ。なんでそのこと……。いや、そうじゃなくて――タイムリープなんて漫画の世界のことだろ」

眼鏡越しの瞳は意外にシャープで、顔だちも整っている。こんなに近くでまじまじと見たことがなかった。

「僕は駅のほうに住んでるんだ。君は川の向こうだよね？　途中まで一緒に帰ろうよ」

「だから違うって」

「じゃあ、僕の話を聞いてほしい。藤井の役に立つはずだから」

どうしよう、と頭をフル回転させる。

仲間以外の人に知られることで、タイムリープが終わるかもしれない。不安はあるが、なんで竜海がタイムリープのことを知っているのかが気になる。

「わかった。竜海の話を聞かせて」

そう言うと、竜海はぎこちなく口角をあげた。竜海が笑っているところを初めて見た気がした。


昇降口を出ると、雨はあがっていた。

灰色の雲はまだ頭上を覆っていて、秒ごとに夜の色に変わっている。

「僕が小学一年生のときにね、不思議なことがあったんだ」

出し惜しみすることなく、竜海は話し出した。並んで歩くと思ったよりも背が低く、竜海のつむじが見えた。

「夏休みの真っ最中、八月十三日のことだった。僕は当時から人と話すのがダメでね。でも、友だちがいないと思われたくなくて、図書館で夏休みの課題をしていたんだ」

それがどうタイムリープの話につながるのかわからず、あいまいにうなずいた。

大きな道に出ると、左側に建設中のマンションがある。雨のせいで作業員はおらず、足場が途中まで組まれていた。隣には智春の家がやってるのとは別系列のコンビニがある。智春の手前、ここでの買い物は控えている。

「夕暮れ、カラスの声、ひとりぼっちの帰り道。覚えているのはそれくらいで、気がついたら僕は誰かに突き飛ばされていた。ふり向くと、僕のいた場所に車が突っこんできてて、高齢の女性が倒れていた。顔を見て驚いたよ。遠くに住んでいる僕のおばあちゃんだったんだ」

「え……」

「飛行機と列車を乗り継がないと来られない距離に住んでいるのに、目の前にいた。おばあちゃんは『六周目でやっと成功したよ』と大怪我をしながら笑ったんだ」

「……まさか」

「おばあちゃんは言ってた。『本当に大切な人を救うためなら、人は距離も時間も越えられるんだよ』って」

そんなことありえない。否定の言葉をためらったのは、俺だってタイムリープというありえないことをくり返しているから。

「『自分を責めないでね。すてきな大人になって』と言い残して、おばあちゃんは亡くなった。僕のせいで死んじゃったんだ」

「タイムリープ……」

「僕の事故を防ぐために時間を戻して助けに来てくれたんだ。誰も信じてくれないけれど、僕はそう思っている」

橋の前に来ると、竜海は手すりに腕を置いて川を見下ろした。

雨のあとの水かさを増した川、濁った水が土手を削り取るような勢いで流れている。

「それ以来、僕はタイムリープについて調べている。将来はそういう研究をしたくて必死に勉強をしているんだ」

「おばあさんのことは気の毒だと思うが、それじゃ俺がタイムリープをしていることの説明にはならないだろ？」

「だね」

竜海がコートのポケットから一枚のメモを取り出し渡してきた。

12月26日にすること
①川沿いの道に行かせない
②交差点に近寄らせない
③確実に家まで送る
④タイムリープを終わらせる

「え……あれ？」

ブレザーのポケットに入れていたはずが、ない。

「さっき席から立つときに落としていったんだ。すぐに追いかけようとしたんだけど、タイムリープの文字が見えちゃって……」

「ああ、そうだったんだ」

体から力が抜け、手すりにもたれかかった。

「今、何周目なの？」

「……三周目」

バレてしまっているのなら、ウソをつく必要もない。

竜海がぶるぶると急に体を震わせた。

「ごめん。本当にタイムリープしている人に会えたのがうれしくってさ……」

なんて答えていいのかわからずあいまいにうなずいた。

「僕はそれなりにタイムリープについては詳しい。調べたところによると、タイムリープには回数制限があるんだ」

「回数……え、それってどういうこと？」

「なにか白石さんに変わったことはない？」

「体が薄くなってて……待てよ。なんで心花を助けるためだって知ってるんだよ」

そう言う俺に、竜海は意外そうに目を大きくした。

「だって白石さんのことばっかり見ているから。きっと、彼女を助けたいんだなって」

まさかの発言に今度は俺が目を丸くする。そんなに俺ってわかりやすいんだ……。

竜海はメガネの位置を直してから、「んー」とうなった。

「言われてみれば、あの日、僕を助けたあとおばあちゃんは僕の体を何度もたしかめるように触っていた。おばあちゃんから見た僕の体は、消えかけて見えたんだろうね。そうか、体が消えていくように見えるのか。白石さんはどれくらい薄く見えるの？」

「まだ普通に見えてる。たまに光が強い場所だと透けて見えるけど」

「おばあちゃんは六周目だった。僕の調べたところによると、おそらく回数は――」

「竜海」

思わず話を遮（さえぎ）ってしまった。

「今、俺に起きてることを聞いてほしい。どうしても心花を助けたいんだよ」

「もちろん。そのために声をかけたんだから」

竜海にこれまでのことを話すことに躊躇はなかった。

あいづちを打ちながら、竜海は最後まで話を聞いてくれた。

「君が思ったようにやってみて。でも、もしもうまくいかなかったら、もう一度僕に声をかけて。同じ説明をしてもらうことにはなるけど」

時間が戻れば、竜海の今の記憶もなかったことになる。

すごろくで言えば、ふりだしに戻るようなものか……。

「わかった。ありがとう」

礼を言うと、竜海は首を横にふってから「でも」と口にした。

「おばあちゃんも何度もやり直したと言っていたし、藤井もそう。おそらく、一度死ぬと決まった運命は変更しにくいんだよ」

さっきと違い、表情が曇っている。自分でも気づいたのだろう、竜海は軽く首を横にふった。

「話せてよかったよ。周りの協力が必要なら僕からも説明する」

「いや、あいつらは絶対に信じない」

「だろうね。でも、運命を変えるということはとても大変なことだから。もしものときは、藤井が頼ってくれるとうれしいな」

「呼び方、創生でいいよ。俺だけ名前で呼んでるのっておかしいし」

それから俺たちはたわいもないことを話してから別れた。

竜海という理解者が増えたことがうれしかった。

12月25日（水）

いよいよ明日は二十六日、運命の日。

昼前に家を出て、明日の予行練習をすることにした。

念のため、カラオケ店で予約ができないか聞いたが、やはりムリとのこと。その後は海沿いにある駐車場へ。

昼間だからか車がたくさん停まっていて、カップルも数組いる。寒いけれど楽しそうな人たちを見ていると、なんだかむなしくなった。

家を出るときに持ってきたバッグには、明日のプレゼント交換の品物と、心花へ買ったキーホルダーが入っている。

「渡せないけどな」

ひとりごとをつぶやき、歩き出すのと同時に、駐車場に入って来る人影が見えた。向こうも俺に気づき目を丸くしている。

それは——心花だった。

「え、なんで創生がここにいるの？」

白いモコモコのアウターに下はデニムという軽装。前髪までぜんぶおろしていて、いつもと違うかわいさに、意識して目を逸らした。

「別に意味はない」

「意味はある」

得意のよくわからないことを言ったあと、心花がハッと口を押さえた。

「やっぱり明日の計画を知ってるんだ？　だって、こないだも厚着するようにみんなに伝えろ、って言ってたし。誰にも言ってないのになんで知ってるの？」

花火をすることを知っていると伝えたらどうなるのだろう。いや、なにが起きるかわからない以上、心花には内緒にしておこう。

「カラオケの予約が取れなかったんだよ。順番が来るまで外で待ってなくちゃいけないから、念のため厚着で来たほうがいいって意味。ここに来たのは偶然だけど、そっちのほうが怪しくね？」

「え、私が？」

「水が苦手なのに、なんでこんなところに来てんの？」

海のほうを指さすと、心花はフンと鼻から息を吐いた。

「駐車場で溺れることはないもん。私は明日の下見に――ううん、なんていうか……」

そう言ったあと、心花はガクッと肩を落とした。

「やっぱり私、ウソが下手だね。実は、明日ね、カラオケのあとみんなで花火をしたいなって……」

「え、今の時期に花火なんて売ってないだろ」

呆れるほどの棒読みになってしまった。俺たちの共通点は、ウソが下手ってことなのだろう。

「売ってないよ。でも、夏の残りの花火があって、湿気ないように密封保存してたの。だから、できるかなって」

「駐車場って花火やっていいんだっけ？」

「九月までは禁止。でも、そのあとは書いてないからいいみたい」

前日に下見に来るほど楽しみにしてたんだな。いじらしい姿に、もっと愛おしくなる。会うたびに、いや、会えなくても心花のことばかり考えている。そんな俺が、普通科に移ることができるのだろうか。

平然としてろ、と自分に言い聞かせても目線を外すことができない。こんなことをしていたらあっという間に気持ちがバレてしまい、二度と心花に会えなくなってしまう。

どちらにしても、無事に心花を助けられたらの話だが。

「じゃあ、俺行くわ」

想いを断ち切るように歩き出したが、なぜか心花がついて来る。

「私も帰る」

「今来たとこなのに？」

「ひょっとしたら海風が強いのかもって思って確認しに来ただけだから。この調子じゃ大丈夫そうだし」

いや、明日は暴風のなか花火をやることになる。が、それを指摘してしまったら、花火をやる場所が変わってしまうかもしれない。

心花を助けるためにも、明日の予定はこれまでと同じにしたい。

道路に出て橋のほうへ向かう。

はたから見たら俺たちは恋人同士に見えるのだろうか。昔はからかわれるたびに必死で否定してたけれど、今となってはかけがえのない時間だったと思う。

明日、心花を絶対に助けないと。心花が生きてさえいてくれれば、俺は離れても平気だ。

むしろ、遠い場所から心花のしあわせを祈りたい。

ふと、リュックに入れたままのキャラクターグッズのことを思い出した。今のタイミングなら渡しても不自然ではないかもしれない。

リュックのショルダーに手をかけると同時に、

「こんなふうに会うこともなくなるのかな」

心花がそう言った。

「どういうこと？」

「こないだ、智春と話してたでしょ。県外で就職するって。そのこと自体は応援してるけど、たまにはこんなふうに話がしたいな」

足が自然に止まっていた。数歩進んでから、心花がふり向いた。

「なあ、俺さ……普通科に行こうと思ってるんだ」

「うん」

「海北高校の特進に入ってから希望を出しても遅いと思う。だから、今度先生に伝えるつもり。そしたら、ほかの学校になるかもしれない」

重くならないよう、なんでもないことのように言った。

「そっか」

こんなにあっさり受け入れてくれるとは思っていなかった。

「いいの？」

「いいに決まってるでしょ。創生が選んだ道だもん。前も言ったけど、私には将来の夢がないの。だから夢を持つ人のことは全力で応援したい」

……やっぱり片想いだったんだな。

わかってはいたけれど、改めて事実を突きつけられた気分だ。

「廃校までに海北高校へ行く練習するだろ？　つき合うよ」

そう言うと、心花は屈託のない笑みを浮かべた。

まぎれもなく、友だちとしての笑顔で。

12月26日（木）

三度目ながら、今夜の風はやはり冷たい。

前回と違い、みんな厚着をしているし、心花のマフラーやひざ掛けも使っていると いうのに、あざ笑うかのように冷気が体を震えさせる。

ここで花火をするのも三度目。夜のなか、心花の体はより薄くなって見える。

「もう花火はあきらめようぜ」

声が震えるほどではないが、智春はさっきから同じことばかり言っている。

「ダメダメ。せめて半分くらいはがんばろうよ」

が、心花は動じない。菜月も呆れてはいるものの前ほど寒くない様子。

服装を変えるだけで言動が変わるものだな……。

そう考えると、日々のなか、俺たちには何百とおりもの分岐点があるのかもしれない。

「こうなったらさっさと終わらせるしかねえ。一気に火をつけてやる」

俺の持つ点火棒を奪い取り、花火をかき集める智春。

これが終われば、いよいよ俺と心花にとって大きな分岐点が待っている。なんとしてでも、心花を無事に家に帰さないといけない。

智春が手持ち花火にまとめて火をつけて心花に渡した。いろんな色の火花と一緒に、すごい量の煙が立ちこめている。

はしゃぐ心花の顔が、花火の色に染まっている。

風が強いので線香花火はあきらめ、ようやく帰途につくことになった。

「今日はありがとう。とっても楽しかった」

橋の手前で心花がペコリと頭を下げた。リュックにつけたキーホルダーがカチャンと軽い音を立てた。

結局、俺が心花に買ったキャラクターグッズは渡せないままだ。

「家まで送ってくよ」

なるべく軽い口調を意識したのに、ぎこちない言い方になってしまった。

「すぐそこだから大丈夫。子どもじゃないんだから」

案の定、心花はあっさりと断った。

「いや」と異を唱えたのは智春。こないだお願いしたことを覚えていてくれたようだ。

「最近は通り魔事件とかあるし、俺たちもつき合ってやるよ」

「俺たち、ってことはあたしも？」

自分を指さす菜月に、

「そうだよ。で、菜月んとこも送ってやる」

と言い、智春は歩き出した。それなら文句ないのだろう、菜月もついて行く。

前に智春と菜月が並び、俺と心花はうしろを歩く。

「そういえばみんな、うちのお母さんに全然会ってないよね。いつ以来だろう」

「高校の入学式のときじゃね？」

智春が顔だけこっちに向けた。

「おばさん、あいかわらずおっちょこちょいなの？」

菜月の問いに心花はクスクス笑った。

「毎日騒がしいよ。最近のブームは『物忘れ』でね、『あれがないこれがない』って家じゅうを探しまわってる」

「それ、想像がつきすぎる」

俺は、最近おばさんに会った。病院で泣き崩れる姿に胸がえぐられた。

あのときはタイムリープができるなんて思っていなかった。

橋を渡り終えると、川風も少し治まった。

「心花、危ないから車道に出んなよ」

気づくと心花が車道に足をおろしていた。歩道へ戻し、俺が車道側の歩道を歩くことにした。

「子ども扱いしないでよね」

「事故が起きてからじゃ遅い」

「最近の創生、なんだかお父さんみたい」

なんとでも言え。俺の使命は心花を無事に送り届けることなのだから。

交差点で赤い車が信号待ちをしているのを見て、ハッとした。前回、心花の命を奪ったのはあの車だ。

ブレーキが利かなかったと言っていたけれど、大丈夫なのだろうか。そのままだとこのあとすぐに信号機に突っこむことになる。

「みんなここにいて」

そう言い残し、赤い車に近づいた。運転をしていた初老の女性が、近づく俺に気づきいぶかしげに窓を下げた。

「なんですか？」

なんですかじゃねえよ。

「すみません。車の調子、大丈夫ですか？」

「は？」

「なんか車からヘンな音が聞こえたもので。ブレーキとか大丈夫ですか？」

ブレーキを何度か踏み直したらしく、車がガクンガクンと震えた。

「これでいい？　寒いんだけど」

「あ、はい」

てことは、やっぱり脇見運転かなにかだったのだろう。

「失礼しました」

そう言うと、女性は勢いよく車を発進させた。事故った交差点を渡り切り、消えていく。

「なに？　知り合いだったの？」

菜月の問いに「いや」と答える。

「なんかヘンな音がしてたから聞いただけ。事故ったら困るし」

「今日はやけに事故推しだね」

信号が変わり俺たちも歩き出す。とりあえず前回の事故は防げたということだろう。

心花が「ねえ」と俺に話しかけてきた。

「事故なんていくら注意してても起きると思わない？　きっと運とかも関係してるんだよ」

「どういうこと？」

「普通に歩いてても車に突っこまれたりとか、ほら、例の通り魔事件とかもそうでしょう？」

「あれマジで怖い」と、菜月が言った。

「カッターナイフで切りつけてくるんでしょう？　みんな軽傷だって聞いてるけど、そのうちエスカレートしそうだよね」

「護身術でも習うか」

智春がそう言い、みんなうなずいた。

最近は巡回のパトカーも増えているが、そもそもこの小さな町にふさわしい数の警察官しかいないから、対策のしようがない。

「不穏な年末だよな。早く捕まえてくれねえかな」

「智春は大丈夫だよ。向こうがビビって逃げてくから」

からかう菜月に、智春が力こぶを作るポーズをした。

薄暗い住宅街の先に心花の家が見えてきたので、そっと胸をなでおろすのと同時に不安になった。

心花を救えたとして、俺はこのままこの世界にいられるのだろうか。もとの時間軸に戻される可能性については考えてこなかった。

もとの時間軸に戻るということは、心花のいない世界に戻るということ。

あの絶望を味わうなんて耐えられない。

きっと……俺だけが時間を越えたんじゃなく、世界の時間ごと巻き戻っているんだ。

そうに決まっている。

「大丈夫」

小声でつぶやくと、心花がめざとく「ん？」と顔を向けてきた。

夜のなかでも宝石のようにキラキラしている瞳から目を逸らした。

「なんでもない。とにかく危ないから夜は家にいろよ」

「創生こそ襲われないようにね。男の人も襲われてるんだから」

「はいはい」

「本気で心配してるのにひどい」

ぷう、と膨れた顔で心花が手をあげる。触れるか触れないかくらいのハイタッチをしてから、心花は玄関の扉に消えた。

もと来た道に戻っていると、静かな充足感に満たされていることに気づいた。

今度こそ心花を守れたはず。

明日の朝、目が覚めてもこの世界にいられるといいな……。

巡回のパトカーが俺たちを追い抜き、交差点で左折した。赤いライトが見えなくなると、歩道は暗くなる。

「来年こそは彼女ができてるといいなあ。二十六日じゃなくちゃんとクリスマスに祝ってやるからな」

空想の恋人に誓う智春。これは前も言ってたような気がする。

菜月を送ったあと、交差点で智春とも別れた。

スマホで確認すると、もうすぐ夜の十時。これまでの二回ではとっくに事故が起きていた時刻だ。

家のドアを開けるのと同時に、言い争う声が聞こえてきた。

「お前がしっかりしないから――」

「いつもそればっかり。私だって仕事をしてるのに――」

両親は顔を合わせればお互いのダメ出しばかりしている。結託するのは俺を責めるときだけ。まるで敵同士の三人が同居しているみたいだ。

「だる……」

ドアをそっと閉め、気づかれないように部屋に戻った。

両親は恋愛結婚だと聞いている。お互いに永遠の愛を誓い合ったはずなのに、なんでケンカばかりするのだろう。

俺だったら――心花を苦しめたりしない。

ベッドに横になると、服から火薬のにおいがした。真冬の花火は厳しかったけれど、いつか懐かしい思い出になるといいな……。

充足感と疲労感が眠気を運んでくる。

心花を守ることができてよかった。もうタイムリープは起きないだろう。

目を閉じると心花が花火をしている姿が瞼の裏に映る。風に攻撃されながら、必死で花火を守っている姿がかわいくて、笑いが漏れてしまう。

智春もはしゃいでいたし、菜月も楽しそうだった。

ベッドから起きあがり、スマホで海北高校を検索する。

ここの特進科に編入すれば、みんなと一緒にいることができる。親は受験にうるさいだろうが、とりあえず大学を目指すフリをするのはどうだろう？

同時に就職活動をして、合格した大学には行かずに社会人になる。アパートは駅裏にして電車通勤すればいい。それなら、みんなの——心花のそばにいられる。

「まずは金を貯めないとな」

趣味もないから月の小遣いは貯めてある。アパートだって初期費用の安いところはあるだろうし、なんとかなりそうだ。

心花を二度失って、やっとわかったこと。

そばにいられることが、俺のしあわせなんだ、って。

――バン！

リビングのドアが勢いよく開く音に続き、階段を駆けあがる足音がした。

……最悪だ。

ケンカがひどくなると、母は俺に八つ当たりをしに来る。もしくは、こっそり戻って来たことがバレて文句を言おうとしているのか。

どっちにしても母が部屋に来てよかったことなんてひとつもない。

ノックもせず部屋のドアが勢いよく開いた。目を見開いた母はここからでもわかるくらい震えていた。

が、なにかに躊躇するようにすぐに目を伏せてしまう。右手にスマホが握られているのがわかった。

チャチャが俺をジロッとにらみ、プイと顔を背けて歩いていく。

「なんか用？」

尋ねても返事がない。いつもと違う様子の母が、「創生」と俺の名を呼んだ。

「落ち着いて聞いてね。今、心花ちゃんのお母さんから電話が――」

「心花の？」

言葉をかぶせる俺に、母は何度も首を縦にふった。

「コンビニに行ったんだって」

「誰が？」

「心花ちゃん、お母さんに頼まれてコンビニに――」

ざわっと胸が音を立てた気がした。まさか……。

「コンビニの店員さんの話では、心花ちゃんが店を出てすぐにすごい音がしたらしくて、心花ちゃんが、心花ちゃんが……」


気づくと夜の町を走っていた。

こんな運命ありえない。これまでに事故が起きた時間はとっくに過ぎているのになんでだよ！

どんなに走ってもコンビニが近づかない。心臓が破裂しそうなほど騒いでいる。

「まさか。まさか……！」

やっと暗闇に光るコンビニが見えてきた。たくさんの人が隣のマンションの建設現場に集まっている。

散乱する鉄の棒を遠巻きに見ている人を押しのけて進むと、そこに水たまりがあった。

コンビニの照明に照らされているそれが、血だまりだとわかるまでしばらく時間がかかった。

「ウソだろ……」

近くに住んでいる人と思われる数人が話している。

「女の子が下敷きになって」「あれじゃダメだろうな」「なんで崩れたのかしら」

いくつもの声が俺を責めている。

立ちすくむ足元がアスファルトじゃないみたいにやわらかい。その場に座りこむのと同時に、世界がぐにゃりとゆがみはじめた。

助けられなかった。また、俺は心花を運命から救えなかった……。

神様、時間を戻してください。どうか、もう一度心花を救うチャンスをください。

ギュッと目を閉じると、周りの音が遠ざかっていく。

第四章

蝶が羽ばたくとき

12月20日（金）

「正直に言うと、あたしネコが苦手なんだよね。昔、引っかかれたことがあってさ」

菜月の声に目を開けると、教室のまぶしさに目がチカチカした。

ここは……教室だ。また戻ってくることができたってことか？

机の下で手をつねってみた。大丈夫、またタイムリープすることができたんだ。

ホッとするのと同時に、また同じ一週間のはじまりを知る。

まさか、心花があのあと家を出るなんて思わなかった。なんでコンビニなんて行ったんだよ。

恨めしく心花を見ると、また体が薄くなっている。

「でもよかった……」

口のなかでつぶやく。心花は俺に気づかず、なにか思いついたように目を輝かせた。

「じゃあ、代わりに集まって遊ぼうよ。二十五日にみんなでクリスマスパーティをするのはどう？」

これで四周目。竜海のおばあさんは六周目でクリアしたと言っていた。代わりに命を落とす羽目になったが、本人は満足だっただろう。

いや、本当の気持ちなんて他人にはわからない。それは竜海も同じだろう。

話しこんでいるみんなの輪からさりげなく抜け、竜海の席へ向かった。竜海はあいかわらずテキストに目を落としている。俺が近づくのに気づき、体を硬直させるのがわかる。

「話があるんだけど、廊下へ来てくれる？」

「……え？」

きょとんと竜海がメガネを手で直した。

「タイムリープのことで」

小声でそう言うと、ハッとした顔で竜海が立ちあがった。ふり向くと、智春が怪訝そうにこっちを見ていた。

廊下に出ると、竜海が真剣な顔でぶつかるほど近づいてきた。

「いや、近いし」

「あ……ごめん。人との距離感がわからなくて……。藤井、タイムリープって言ったよね？」

興奮で顔を赤らめている竜海から、数歩下がった。

「信じてもらえないかもしれないけど、俺、タイムリープをしている。前回、竜海にそのことでアドバイスをもらったんだ」

「本当に？　え、藤井がタイムリープを？」

「竜海のばあちゃんもタイムリープしたって聞いた。六周目で助けてもらったんだろ？」

「ああ！」うわんと、竜海の声が廊下に響いた。

「藤井もそうなんだ⁉　こんな身近にもうひとりいたなんて！」

「声がでかいって」

ハッと口に手を当てた竜海が「ごめん」と言うが、話し足りないらしくパクパクと金魚みたいに口を動かしている。

「なに？」

「あの、その……藤井がタイムリープしていることを、僕は――前回の時間軸の僕は知っているということなんだね」

「アドバイスをもらった。でも、うまくいかなかった」

チラッと教室のほうを見てから竜海に視線を戻す。

「あとで帰るフリして戻って来るから。そのときに詳しく話すよ」

「わかった」

「じゃあ」と、教室に戻ろうと歩き出す俺の腕が引っ張られた。

ふり向くと、竜海はメガネ越しの目をギュッと閉じてから大きく開いた。

「これまで何回タイムリープをしたの？」

「これで四周目。運命を変えたい相手は竜海の想像どおりの人で、もうかなり体が薄くなってる」

なるほど、とうなずいたあと、竜海は口を開いた。

「いつ最後になってもおかしくないんだね」

竜海がなぜかスマホを開き、指先をせわしなく動かしている。

「僕はおばあちゃんが亡くなってからタイムリープについて調べているんだ。運命を変えることは容易ではないし、時間もない。協力者は多いほうがいいと思う」

「協力者？」

「藤井のことをいちばん理解してくれる人を連れて来て」

迷うことなく智春の顔が頭に浮かぶ。

あまりここで話をしていてもおかしく思われるだろう。

「わかった」と伝え教室に戻ると、心花と菜月はスマホを片手に話しこんでいて、智春は疑うような目を俺に向けている。

「珍しくね？　あいつと話をしてるなんて」

「あとで話す。で、どこまで話は進んでる？」

椅子に座ると同時に、心花が俺を見た。ああ、こんなに薄くなってしまっている。

なんで家にいなかったんだよ。なんでコンビニなんか行ったんだよ。

運命は強引に心花を死へ導こうとしている。今回こそ、念には念を入れないと……。

「あのね、菜月がイヴとクリスマスはカレシさんとデートなんだって」

「しょうがないでしょ。前から約束してたんだし」

菜月が呆れた顔で言った。

「ほかの日にしたら？」

前回と同じセリフを口にすると、心花が「そっか」とうなずいた。

「じゃあ、今度の日曜日とかは？」

「あー俺、店の手伝いあるからムリ」

菜月よりも先に智春が却下した。俺の行動が違ったせいで、会話がうまく前の結論に辿りつかない。ここは俺が仕切るしかないだろう。

「二十六日の木曜日はどう？」

「二十六日なら、一日遅れのクリスマスパーティができるね」

やっと前の会話のレールに戻ることができた。

心花がうれしそうに笑っている。胸の高鳴りを抑えこみ、渋々という顔で予定を入れてから帰ることにした。

昇降口で靴を履き替える前に、智春の肩をちょいとつついた。

「話があるから教室に戻るぞ」

「は⁉」

なんでみんな驚くときはこうも声がでかくなるのか。

「どうしたの？」

菜月の問いに、「いや」と肩をすくめた。

「ちょっとスマホ忘れちゃって。ついでに竜海とも話したいから先に帰ってて」

我ながらうまく言えたと思うが、空気の読めない智春は不審な顔を崩さない。

「竜海って森上のこと？　俺、あいつ苦手。やっとテスト終わって冬休みってときなのに、勉強の話とか勘弁だぜ。そもそもお前だって普通科――」

「うるさい。ほら、行くぞ」

強引に肩を押しながら手をふる心花を見る。

人は死んでしまう前はこんなふうに体が薄くなってしまうんだな……。

――今度こそ助けるから。

強い決意を胸に階段をのぼると、智春もブツブツ言いながらついて来てくれた。

教室に戻ると、竜海が窓辺に立って雨を眺めていた。ふり向いた竜海が俺たちを見て、静かにうなずいた。

「協力者は芳川くんってことだね」

「そういうこと」

「じゃあ、これまでのタイムリープについて教えてくれる？」

「待て待て待て待て！」

俺と竜海の間に移動した智春が吠える。

「今、タイムリープって言った？　お前らマジで言ってるわけ？　そういう話が苦手なこと知ってんだろ？」

まあ、そうなるよな。でも、俺には心花を救う使命がある。そのためなら、どんなことでもやる。

「智春が苦手なことくらい知ってる。何年一緒にいると思ってんだよ」

「だったら――」

「知ってるうえで、どうしても頼みたいから呼んだ。今起きていることを知ってほしい。俺を助けてほしいんだ」

言葉を吐く代わりに、智春は空気を呑みこんだ。

「いや、でもさ……。お前ってそういうキャラじゃねえし」

「藤井」

竜海が俺に顔を向けた。

「タイムリープをしている期間で、なにか藤井にしかわからない芳川くんのことってないの？」

俺にしかわからないこと……。

「えっと……」

肝心なときに、いつも頭がうまく回転してくれない。思い出せ、と自分に言い聞かせる。

「たしか、明日の土曜日に俺、コンビニに行くんだよ。からあげが売れ残ってるとかで強引に俺に勧めてきたんだけど、次に来る客が買っていってくれた」

言いながらそれじゃ弱いと思った。案の定、智春は首をひねっている。

なにか……なにかあったはずだ。

「そういえば、一昨日……明日から見て一昨日だから、昨日か。昨日、お前のおじさんが倒れたって言って――」

「マジか！」

「なんで知ってんの!? 俺、誰にも言ってないのに！」

智春が大きな声をあげた。

「詳しく話してあげて」

竜海に促され、過去――いや、この時間軸でいうならば、未来の記憶を引っ張り出す。

「病院に担ぎこまれたら、貧血だったたって。なのにおばさんは心配するどころか、人件費がどうのこうのって文句ばっかり。たしかそんなことを言ってた」

驚きすぎたのかフリーズしている智春を見て、竜海が満足そうにうなずいた。

「今ので僕も信じるよ。やっぱり藤井はタイムリープしてるんだ」

「なんで……創生だけが？」

智春の問いに、俺はその目を見つめ返す。

「二十六日の夜、心花が死ぬんだ」

「……は？」

「これまで三回死んでいる。その運命を変えるために同じ時間を何度もくり返してるんだよ」

心花の顔を思うと胸が苦しくなる。一週間に一度、死んでしまうたびに想いが強くなっていく。

智春が空いている席にドカッと腰をおろした。

「最初からちゃんと話せよ」

やっと聞く気になってくれたことがうれしくて、俺も空いてる席に座ろうとするが、

「待って」

と、竜海が制してきた。

「ファミレスに行かない？」

「は？　お前さ、こんな緊急事態にのんきなこと言ってんじゃねえよ」

うなる智春をものともせず、竜海が教室の時計を指さした。

「もうすぐ先生が戸締まりに来るんだ。それに、自慢じゃないけどファミレスって行ったことがなくてね。ご飯でも食べながら話そうよ。僕のおごりでね」

智春を見ると、口の動きで「おごり」とくり返しているのがわかった。

教室を出るときに心花の席を見た。

これで四周目のやり直し。今回は大きな進展がありそうだ。

──きっと、助けてやる。

強い決意を胸に、教室の戸を閉めた。


駅前のファミレスは混んでいた。

同じ高校の生徒も何組かいるが、それ以上にカップルと思わしきふたり組がやけに多い。

クリスマスまではファミレスで過ごし、当日は高いレストランとかに行くのだろうな。

「なるほど。すごくわかりやすかったよ」

俺たちに食事をおごると言ったくせに、竜海はドリンクバーしか頼んでいない。

智春は竜海のぶんも、という量を食べている。ハンバーグにナポリタン、ドリンクバーもすでに四回利用している。

俺はポテトフライをつまんでいる。

「まだ信じらんねえな」

智春の壮大なゲップに、隣のカップルが揃って眉をひそめた。

「だってよ、そんな何回も同じ人が死ぬなんておかしくね？」

「声がでかい」

注意するが、智春は肩をすくめるだけ。竜海に視線を移すと、熱心な表情で見返してきた。

「僕が調べたところによると、タイムリープをしても運命は同じ結末を目指そうとする。つまり、白石さんを殺そうとするんだよ」

隣のカップルがギョッとした顔でレシートを手に席を立った。

「白石さんは川に落ちて死を迎えた。この場合、どうやって死んだかではなく、死んだという事実が重要なんだよ」

「だからって建設現場の足場はやりすぎだ」

あの光景が頭から離れてくれない。なんで心花なんだよ。運命だからってあんなひどい殺し方ないだろ……。

「いや」と竜海は首を横にふった。

「今回も予想外の方法で運命は白石さんを襲うだろう。例えばどんなことが考えられるだろう？」

問いかけられた智春は、俺のポテトフライを一本奪い口に放りこんだ。

「まあアニメとかなら、予想外のことが起きるよな。あ、あれじゃね？　例の通り魔にやられるとか」

「その可能性はあるだろうね。通り魔が白石さんを襲わないように、注意するに越したことはない。もっと言えば、藤井は仕方ないにしても、芳川くんや村田さんに危険が及ぶ可能性だってある」

「なんで俺たちまで危険になるんだよ」

ムッとする智春に、

「バタフライ効果だよ」

と、当たり前のように竜海が答えた。

「なんだそれ？」

智春が俺に聞くので、「えっと」と記憶を辿る。

「映画であったような気がする。誰かの行動の変化が思わぬ結果をもたらす、みたいな」

「近いね」と、竜海がメガネの位置を直した。

「もともとはアメリカの気象学者が講演で話した内容なんだ。『一匹の蝶が羽ばたいたことで、遠く離れた地で竜巻が起きるように、ちょっとした変化が大きな事象を生み出す』という内容。もっとも、その講演内においてそれが本当に起きるかどうかについては明確になっていないけれど」

「バタフライ効果……」

口のなかで小さくつぶやいた。たしかにタイムリープをするごとに、俺の言動は少しずつ違っている。わずかな変化が誰かに影響を及ぼしているなんて思いもしなかった。

「とにかく、藤井はなるべく早めにふたりきりになったほうがいい。白石さんを家に帰し、危険が及ばないようにする。通り魔から身を守らないと」

そう言われても、誰が犯人なのかわからないから防ぎようがない。そう考えると、俺たちはいつも死と隣り合わせで生きている。風船を追いかけて川に転落したり、暴走する車に撥(は)ねられたり、建設現場で事故に遭ったり。

『事故なんていくら注意してても起きると思わない？　きっと運とかも関係してるんだよ』

当の本人もそう言ってたし。

ああ、こうしていても心花のことが心配でたまらない。にぎやかに笑い合っている他人までうとましく感じてしまう。

「白石さんが帰ったあと、芳川くんは藤井の手助けをしてほしいんだ。信じられないのもわかるけど、三回も失敗した以上、もうチャンスは少ないと思ったほうがいい」

もう一本、ポテトフライを手にしてから、

「おかしくね？」

智春がぼやいた。

「おかしいのはわかるよ。僕だって自分の祖母が――」

「そうじゃなくてさ」と、智春がポテトフライの先端を竜海に向けた。

「なんで森上は俺のことだけ『くん』づけなんだよ。呼び捨てで呼べよ」

「え？」

ぽかんとする竜海から今度は俺に視線を向けてくる。

「俺たちは竜海って呼ぶことにするからお前もそうしろ。いいな？」

どうでもいいことにこだわる智春に、竜海はあいまいにうなずいた。

「智春、だね。わかった」

「創生のことも、創生ってな」

「わかった。創生……創生。言い慣れないからたまにもとに戻るかもだけど」

「よし、竜海、話を続けてもいいぜ」

なんだそれ、と思わず苦笑してしまった。なんだか久しぶりに笑った気がする。

「日付が変わるまでだと思うんだ」

竜海の言葉に意識をタイムリープへと戻した。

「よくあるタイムリープものでは、夜の十二時を越えた時点で運命が確定されることが多い」

コーラで喉を潤してから、「つまり」と口を開いた。

「心花が日付を越えた時点――二十七日を迎えることができればいいってこと?」

「そうなるね。でも、どこが安全なのかはわからない。さっきも言ったけど、思いもよらないことが起きる可能性は高い」

「んー」と智春が腕を組んだ。

「その話がマジなら、家に送ったあともなにかが起きるわけだよな。だったら、心花にぜんぶ話しちまったほうが早くね?」

「それは最後の手段だと思う」

竜海にあっさり否定されたことが気に障ったのだろう、

「なんでだよ」

と、智春が語気を荒げた。

「もう残されたリミットは少ない。今、白石さんに話してしまったら、それにより彼女のとる行動が変わってしまう。予想外の行動に出られたら対処のしようがないから」

「どっかに押しこめればいいじゃん。カラオケとか、ラブホとか」

とんでもない候補を口にする智春に、竜海が深いため息で答えた。

「駅前のカラオケに深夜は入れない。追い出されたらそれこそ無防備になる。ホテルはもっとダメだと思うけど」

「じゃあどうすりゃいいんだよ。映画だってナイトショーは保護者が必要だろ？　あ、お前の親にお願いすれば、って無理な話か」

「だな。親には頼めない」

そんなことを言ったら大変なことになるのは目に見えている。

「うちのコンビニのバックヤードとかは？　そこなら通り魔が来ても強盗が来たとしてもカギをかけときゃなんとかなるぜ」

その提案は悪くないように思えた。が、竜海は難しい顔を崩さない。

「いい案だと思うけど……」

「なんだよ。まだ文句あんのかよ」

臨戦態勢の智春に、竜海はしっかりと首を縦にふった。

「芳川く——智春は、コンビニのあとを継ぎたいんだよね？　運命が強引に彼女を仕留めようとするなら、僕たちには想像もつかない手段をとる可能性だってある」

「具体的に言えよ」

「放火とか」

「ほ！」

ヘンな声をあげ、智春は目を大きく広げたまま固まった。

「ほかにも、爆破とか？　なにが起きるかわからない以上、自分の居場所を本拠地にするのは避けたほうがいい」

「……んだよ」

と、智春が冷めた顔で立ちあがった。

「ぜんぶ空想の話だろ。あほらしくなったわ」

「智春」

「創生には悪いけど、これ以上つき合ってらんねえ。メシぶんの話は聞いたってことで、もう帰るわ」

竜海を見ると、彼はメガネを拭きながらうなずいている。

「ひとつだけお願いを聞いてほしいんだ」

「ひとつだけな」

「信じなくてもいいから、二十六日の夜は創生のそばを離れないでほしい。僕も当日は助けに行くつもり」

　これには俺が驚いてしまった。

「もちろん、僕はそっと見守るつもり。君たちの前に行くと、それこそ運命が変わってしまうからね。智春も早めに白石さんを帰宅させたあと、創生と合流してなにか起きないか見守ろう」

「はっ」と智春が鼻で笑った。

「そんなヒマじゃねえし。でもまあ、考えとくわ」

　軽く手をあげ、智春が店をあとにした。

「竜海も当日はいてくれるのか？」

　そう尋ねると、竜海は当たり前のようにうなずいた。

「別に創生や白石さんのためじゃないから気にしないで。僕は、いつか君のようにタイムリープをして、おばあちゃんを助けたい。それだけだから」

「でも、おばあさんはお前を助けるためにタイムリープをしたんだろ？　それじゃあ同じことのくり返しだろ？」

「それでも助けたいんだよ。自分のせいで亡くなったなんて、やっぱり受け入れられないよ」

　たしかにおばあさんの死の原因が自分だなんて悲しいよな……。

「わかった。当日は頼むわ」

「不吉なことを言って申し訳ないけれど、今回白石さんを救えなかったとしたら——」

「おい」

思わず制すると、竜海はギュッと口をつぐんだ。

店内に響くクリスマスソングが、やけに白々しく耳に届く。

どれくらい黙っただろう。深いため息とともに、竜海が俺を見た。

「タイムリープを終わらせられると信じている。でも、もしものときは僕にもう一度話をしてほしい」

「……ああ」

不機嫌なトーンで答える俺に、竜海はメガネの位置を直した。

「君に言ってなかったことがあるんだ」

「言えよ」

「実は……」

そう言ったあと、竜海はまた口をつぐんだ。

辛抱強く次の言葉を待っていると、やがて竜海がグラスに入ったコーラに視線を合わせた。炭酸の抜けたコーラの深い色が、嫌な予感を助長させる。

「僕は、運命を変える方法を知っているんだ」

「え……？」

「でもまだ今は言えない。君なりの方法で今回はがんばってみて」

そのあとなにを尋ねても、もう竜海は答えてくれなかった。

12月22日（日）

「食べないの？」

母の声に、思考の世界から一気に現実に戻った。

目の前でチャーハンが湯気を立てている。

そうか、もう今日は日曜日か……。

「食べる」

そう言ってスプーンを手にするが、ちっとも食欲がわかない。原因はわかっている。

ファミレスで竜海が言ったあの言葉のせいだ。

運命を変える方法ってなんなのだろう。俺なりの方法ってなんだろう。

そのことばかり考えてしまう。

「学校はどうなんだ？」

「受け入れ先が増えるかもしれないから、年明けに改めて説明会をするみたい。そのあとはまた――」

両親の会話が俺の前を素通りしていく。

竜海はやり直しの回数に限りがあると言っていた。どんどん薄くなる心花、もう残りの回数が少ないのは明らかだ。

「特進科にいてよかったな。レベルは下がるが、海北高校なら近いし問題ないだろう」

チラッと父が俺を見るのが視界のはしに映った。スプーンを置き、小さくうなずく。

どうでもいいよ。高校なんてどうでもいい。

「ちょっと、早く食べなさいよ」

母の声に無性に腹が立つ。俺の現状を知らないくせに。俺の気持ちなんて知ろうともしないくせに。

「この家にいたくない」

気持ちが勝手に言葉に変換されていた。

「高校を出たら、この家を出ていくから」

「は？　急になに言ってんのよ」

咎(とが)める母の声から逃れたくて、心の耳をふさいだ。

「俺は……俺のやりたいことをしたい。意味のない大学生活を送るよりも、強要されない未来を生きてみたい」

不思議だ。情けないくらいの小声なのに、ゆるぎない決心がちゃんと言葉に変換されている。

「創生！」

ガチャンとスプーンの音が響いた。母は、眉を吊りあげてわなわなと震えている。

父の顔を見る勇気が出ず、冷めていくチャーハンとにらめっこをした。

将来のことなんてどうだっていい。心花を助けることだけに集中したいんだよ。

「今さらなに言ってるの！　なんのために特進科に入ったのよ。お父さんもお母さんもあなたのためにーー」

「わかってるよ。ふたりには申し訳ないと思う。でも、これが俺の本心なんだ」

冷静に自分の気持ちを話せる日が来るなんて思ってもいなかった。

「母さん、ちょっと黙ってくれ」

父が咎める声は逆効果だったらしく、さらに母はヒートアップしていく。

「黙ってられませんよ！　この子、急にそんなこと言い出して。ーー智春くんでしょう!?」

「え？」

「あの子の影響に決まってる。髪の色だってあんなだし、絶対に智春くんにーー」

「うるさい！」

父がテーブルをたたくと、食器が激しく騒いだ。

しんとした空気のなか、父が背筋を伸ばした。

「いいんじゃないか」

「……え？」

意味がわからず顔をあげると、やっぱり父はつかれた顔をしていた。

「お前が自分の気持ちをちゃんと話してくれたんだ。俺たちも向き合わないとな」

口元に笑みまで浮かべる父に、母は卒倒しそうなほど青い顔をしている。

「あなたはそうやって……。そうやって私だけを悪者にしようとしてるのね」

「違う」

「違わないわよ！　なによ、それ。いい加減にしてよ！」

母が大股でキッチンを出て行った。怒りを足音に変えて二階へあがっていく。

「……いいの？」

さすがに心配になり尋ねるが、父は微笑を崩さない。

「ヒステリーには慣れてる」

「なんで……なんで許してくれるわけ？」

壮大などっきり企画かなにかだろうか。てっきりふたりから怒鳴られると思ってい
たぶん、展開についていけない。

肩をすくめる父を初めて見た気がする。

「人は本音を話すときは、小声になるんだ。逆に虚勢(きょせい)を張るときや、ウソをつくときは大声になる。さっき、お前が言ったことは心の底から出た言葉だろう」

「……うん」

腕を組んだ父が、また少し笑った。

「嫌われている覚悟はあった。でも、お前は昔から自分の気持ちを言葉にはしてこなかった。まあ、そうさせたのが俺たちだと言われればそれまでだけど。……就職したいのか？」

「………」

「それはまだわからないってことか。まあ、一年近くあるんだからゆっくり決めればいい。お前の言うとおり、大学に行くことが正義だとは思わない。ただし」

と、父が顔を近づけた。

「家を出る口実として就職するなら反対させてもらう。そんなにこの家が嫌いなら、遠くの大学を選ぶのも手だ。お前の人生なんだし、本気で願う夢があるなら応援するよ」

そう言ってから父は二階をチラッと見た。

「母さんは納得しないだろうし、俺たち夫婦はもっと関係が悪くなるだろう。でも、これはこっちの問題だから」

そう言うと、父はリビングのソファに移動し、普段は観ないテレビをつけた。まるでパラレルワールドに迷いこんでいるような気持ちのまま、もう湯気を立てていないチャーハンに目を落とした。

蝶が羽ばたく音を聞いた気がした。

12月26日(木)

カラオケは苦手だ。

人の歌を聞いて楽しいと思ったことがないし、自分が歌うのはもっと嫌。前回までと違い、俺の順番はほかのメンツに譲ることにした。

今日の心花は、淡い朱色のニットに緑がかったスカートを穿いていて、一日遅れのサンタクロースみたいだ。智春はあいかわらずのパーカーだけど、菜月はブルゾンにロングスカートで、こちらも前回と違う。

みんなの服装が違うことも『バタフライ効果』のひとつなのだろうか。

菜月がアニメソングを歌い終わった。足元のリュックをたぐり寄せる心花を見て、いよいよだと覚悟する。智春と視線が合うと、わからないくらいの角度でうなずく。

結局、智春は協力してくれている。菜月に『心花が花火をしたがっている』ということも智春が伝えてくれた。寒いのが苦手な菜月は、彼氏に迎えに来てもらうことにしたそうだ。

ガコン、とマイクの音がした。心花がマイクを手に俺たちを見ている。

「ここのカラオケが終わったらね――」

「ちょっと待って」

菜月が自分のマイクを持ち応戦態勢に入る。

「その前に謝らないといけないことがあって」

「どうしたの？」

「実は、今日体調があんまりよくなくて、これで帰りたいんだ」

「え、大丈夫？」

なぜかふたりともマイクを手に話し続けているというおかしな構図だ。

「ちょっと疲れが出ちゃったのかな、って。てことであたし、帰るね」

「俺も」と、智春がぎこちなく言った。

「コンビニの手伝いがあってさ。正月が終わったら落ち着くから、そんときにまた集まろうぜ」

「えー、智春まで!?」

うわんと心花の声にエコーがかかっている。

「大丈夫、また今度あそぼ。あ、でも、あたし寒いところ苦手だから屋内で――」

「いいから行くぞ」

いそいそとふたりが出て行くのを見送っていると、心花がリュックから花火を覗かせた。

「みんなで花火したかったのにな」

しょぼんと肩を落とす心花に申し訳ない気持ちが生まれるが、守るためには致し方ない。それに、俺も四回目の花火は勘弁だ。

「花火は暖かくなったらやろう。門限とかないならファミレスでも行く？」

竜海と話し合い、日付が変わるまでいられるのはファミレスくらいじゃないかという話になった。

「そうだね……」

まだショックを引きずる心花が、しばらくスマホをいじくっていたかと思うと、パッと顔をあげた。瞳がキラキラ輝いているということは、なにか思いついた証拠だ。

「だったら『ドリームズランド』に行ってみたい」

「それはダメ」

ドリームズランドは五つ離れた駅の近くにある遊園地だ。昔からやっている家族向けの遊園地で、俺も何度か行ったことがある。

「今、ナイター営業をやっててね、三十五万個のイルミネーションが幻想的に冬の園内を輝かせます。ショップではこの時期限定のグッズも多数販売して、皆様のご来園をお待ちしております」

公式サイトを見ているのだろう。書いてあることを読んでいるのがまるわかりだ。

「それでも今日はダメ」

「だって私、行ったことないんだもん」

「遊園地が苦手だからだろ？」

乗り物酔いがひどい心花は、親の車に乗っても片道二十分くらいしか持たない。こんなんで、電車を乗り換えて新しい高校へ通えるのだろうか。

「イルミネーションは乗れないから大丈夫」

言いたいことはわかるが、首を縦にふるわけにはいかない。大きな行動の変化は必ず、もっと大きな変化をもたらすだろうから。

「またみんなで行けばいいだろ」

「今日じゃなきゃダメなの。イルミネーション終わっちゃうもん。それに、知ってる？最近、通り魔事件のことよくニュースでやってるでしょう？　ドリームズランドなら市外だから安全だし」

そう言われてしまうと、たしかにそんな気がしてきた。
「それはそうだけど……」
「決めた。ふたりでドリームズランドに行くのです」
またしてもマイクを手に心花は宣言した。
しょうがない、とトイレに行くフリでＬＩＮＥを開いた。昨日、智春と竜海でグループを作ったばかりだ。
ドリームズランドに行くことに対して、ふたりの反応は真逆だった。
竜海【市外なら大丈夫そうだね。電車で会うとバレるから先回りしておくよ】
智春【マジで⁉　俺たちもついてくわけだろ　男同士で遊園地なんてありえねえ】
竜海【改札にいる。電車をずらしたいから早く来て】
智春【最悪なアフタークリスマス】
電車は夜というのにやけに混んでいた。
三つ目の駅で停車したときに、向かい側のホームを指さした。
「あのホームの上り電車に乗り換えて、三つ目が海北高校のある駅な」
「あ、うん」

よほど遊園地が楽しみなのか気もそぞろな反応が返ってきた。

心花は背伸びをしてつかまっていたつり革をあきらめて、ドア近くの手すりを握った。小さな手が薄く、輪郭はほとんど見えない。

これまでと違う今日の行動に、否応なく緊張感が増してくる。

駅から遊園地は直結通路があるから事故に遭う心配もない。心花は乗り物には乗らないし、比較的安全だと言えるだろう。

「創生はさ」

電車の振動音で続く言葉が聞き取れなかった。

「え、なに？」

「創生は、就職先決めたの？」

なんだそんなことか。

「まだ一年以上もあるからな。あと、まだ決めてないけど俺も海北の特進に行くかも」

離れることがこんなに悲しいことだなんて知らなかった。いや、どちらかと言えば恐怖の感情に近いのかも。

俺の日常には心花がいるのが当たり前で、失う日が来るなんて思ってもいなかった。てっきりよろこんでもらえると思ったのに、心花はなぜか浮かない表情で俺を見てくる。

心花が小さな口を開くと同時に、電車のアナウンスが目的地である駅に着くことを知らせた。心花の表情がふにゃりとやわらかくなった。

「ついにドリームズランドに行けるんだね。初めてだからうれしい！」

「大きな声出すなよ」

俺って、よくこのセリフをいろんな人に言ってる気がする。

電車に吐き出され、改札口へ流れていく。ほとんどの人が、ドリームズランドへ続く通路に進んでいる。

「こんな時間からけっこうな人数が行くんだな」

「イルミネーション目的なんだよ。私たちと同じだね」

よほど楽しみなのだろう、心花は早足で進んでいく。

こんなにたくさんの人がいるのに、なぜ運命は心花を連れ去ろうとしているのだろう。なぜ心花が死ななくちゃいけないのだろう。

感傷的な気持ちを封印して、あたりに視線をさまよわせると――いた。

俺たちの少しうしろ、フードを被った男性ふたりがついて来る。智春と竜海だ。変装しているつもりだろうが、逆に目立っていて心配になる。

智春が俺の前あたりを指さしている。見ると、心花がずいぶん先へ行っていた。しまった、と早足で追いつき、上着の裾をつかんだ。

「俺から離れるなよ」

強い口調に恥ずかしくなるが、心花はなんのその。

「創生が遅いんだよ。ほら、早く行こう」

と、俺の手をつかんで先を進む。冬なのに手汗が噴き出しているのがわかり、自分から手を離してしまった。

通路を抜けると夜の遊園地が目の前に広がっていた。入場口は華やかな電飾で彩られ、観覧車が夜のなかで光っている。

チケットを購入し、園内に足を踏み入れるが華やかだったのは入場口だけで、薄暗い風景が広がっていた。

「暗い……」

隣でつぶやく心花に、

「イルミネーションのコーナーってのがあるんだろ。たぶん観覧車の近くとかじゃないかな」

と、人の向かうほうへと促す。

気を取り直した心花と歩いていくが、どんどん観覧車から遠ざかっていく。どうやらショップへ向かう人についていったらしい。

「ごめん。たぶんこっちだわ」

観覧車に続く暗い道を歩くと、人の姿が見えなくなった。

コーヒーカップの乗り物が気持ち程度のライトで回っている。

「なんか怖いね。ホラー映画に出てきそう」

「電気代が大変なんだろうな。ここの遊園地、そんなに有名じゃないから。倒産しそう、ってニュースも見たことがあるし」

薄い姿の心花が夜に溶けてしまいそうで怖くなる。

「とりあえず行こう」

不安を覆い隠して歩き出すと、

「待って」

心花が俺の腕に絡みついてきた。

「なんか急に怖くなってきちゃった」

「……そう」

いきなりの展開に言葉がうまく出てくれない。こんなに接近したのは初めてだったから。

上着越しに伝わるはずもない体温を感じる。心花の白い息がすぐそばにある。

「明るいところに出るまでこのままでいい？」

「いいよ」

このまま園内で迷子になれたらいいのに。

願いもむなしく、前方が明るくなってきた。やはり観覧車のそばがイルミネーションの場所らしく、ここからでもきらびやかなLEDライトが確認できた。

心花の腕が離れると、さっきよりも寒く感じた。

「あ、向こう側が明るい！」

心花が走り出そうとするので、慌てて止めた。

「危ないからそばにいろ」

「私、転んだりしないよ」

ふり向いた心花が、ピタリと動きを止めた。目線は俺の後方へ向いている。

さりげなくふり向くと、ああ……智春と竜海が不自然に立っている。フードを目深に被っているので怪しさ全開だ。

「ほら、こっち」

心花の手をつかんで歩き出す。しばらく行くと、暗闇を押し返すようなまばゆい場所へ出た。

観覧車のそばにある花畑が青色を基調としたイルミネーションで飾られている。花畑のなかに歩道があるらしく、たくさんのカップルが自撮りしているのが見えた。

隣にはアーチ型のイルミネーションで飾られたトンネルが作られていて、ランダムに点滅をくり返している。

智春と竜海は別行動をとることにしたらしく、それぞれ左右後方から俺たちを見守っている。カップルだらけの遊園地にフードを被った男がひとりでいるのは怪しいし、相当目立っている。

時計を確認すると午後十時。あと二時間、心花を守ればいいってことだ。


「こんな時間に食べたら太っちゃう」

そう言いつつ、心花はハート形のパンケーキを美味しそうにほおばっている。

あれからしばらくイルミネーションを観ていたけれど、さすがに寒すぎてショップに併設されたカフェで時間をつぶしている。

「ここのカフェにパンケーキがあるなんて知らなかったよ。ああ、しあわせ〜」

「よかったな」

俺は思考を鈍らせないように、苦手なブラックコーヒーをちびちび飲んでいる。

見守りのふたりは、俺たちからいちばん遠い席にいて、智春なんてパフェをほおばっている。

「ここまで混んでると思わなかった」

店内は満員で、俺たちもしばらく待たされた。

「イルミネーション作戦が成功してるってことだよね。応援するためにまた来ようね」

「ああ」

そうなるといいな。あと一時間半を乗り切れば心花の運命を変えることができる。リュックのなかには心花へのプレゼントが入っている。渡すなら今だと思ったけれど、ちょっと——いや、かなり恥ずかしい。

運命を変えられたら渡そう。

そんなことを思っていると、心花がナイフとフォークをそっと置いたかと思うと、俺を上目遣いで見てきた。

「あのね、さっきの話なんだけど……」

「さっきの？」

なんのことかわからずに首をかしげる。

「海北高校の特進に行くって話」

「ああ、その話か。なんか問題？」

「問題っていうわけじゃないんだけど、私のせいでそう決めたの？」

「……違うよ」

否定しても心花は不安げな表情を崩さない。

「だって創生は違う街で就職したいんだよね？　海北に行っちゃったら、大学進学組になっちゃうでしょう？　だから、私のせいなのかもって……」

なんて答えればいいのだろう。心花の大切さを知ったから、と言えば、きっと俺たちの関係は変化してしまう。うまくいってもいかなくても。

わざとらしく息を吐き、呆れた表情を作った。

「んなわけないだろ。なんで俺が心花のためにそこまですんだよ。こないだ心花がくれた就職先リストを見て思ったんだけど、大学とか専門学校を出て資格を取ってからのほうがいいと思っただけ」

放り投げるように言ったあと、苦いコーヒーを飲んだ。

「そうだったんだね。てっきり私が迷子になるかもしれないからかと思っちゃった」

ホッとした表情の心花を見ていると、胸のあたりにコーヒーの苦みが広がった気がした。

だけど、俺は笑う。

「そもそも一緒に登校するとは言ってない」

「なんでなんで？　海北に進むんだったら一緒に行かなくちゃ。それが幼なじみの役目なんだからね」

幼なじみ、か……。

なにげないひと言で心がねじ曲げられることを、心花は知らない。

恋をした俺が悪い。こんな気持ちでプレゼントなんて渡せないよな……。

心花が時計を見て「あ」とまた大きな声をあげた。

「大変。そろそろ帰らないと終電に遅れちゃう」

終電のことをすっかり忘れていた。

半分残ったコーヒーをそのままに帰途についた。


夜の駅前に雪が降っている。

遊園地では降っていなかったので、この町限定ってとこか。そういえば、前回もその前も、途中で雪が降り出したんだ……。

まるで心花の命のカウントダウンがはじまったような気分になり、ぶるりと体が勝手に震えた。

「寒いならマフラーたくさん持ってきてるよ」

「歩いているうちに暖まると思う」

心花の家へ向かう道は特に暗く、風の通り道なのか冷たい風が吹いている。吹雪のような雪が行く手をはばんでいる。

薄くなった心花の髪に肩に、雪が落ちている。

智春たちの姿は暗闇で見えないが、きっとうしろからついて来ているのだろう。

コンビニに差し掛かると同時に、前回の事故を思い出した。

建築中のマンションに目をやるが、足場は崩れていない。心花の命を奪うための装置だったとしたら、気をつけないといけない。

「心花、こっち」

「飼い犬みたいに言わないでよね」

そう言いながらも心花はニコニコと近寄ってくる。そういえば、心花は親になにか頼まれてコンビニに来たはず。

「コンビニ、寄る？」

「ううん。寒いから早く帰り……」

そこまで言ったあと、心花が口を「あ」の形に広げた。

「そうだった。お母さんに食パン買ってくるように言われたんだった！　すぐ買ってくるから待ってて」

ダッシュで店内に吸いこまれる心花を追いかける。強盗でもいたら大変だし、転んで頭を打つ可能性だってないとは言い切れない。

「いらっしゃいませ」

三十代くらいの男性店員がにこやかに迎えてくれた。が、その目は笑っていない。

滅多に来ないコンビニだけど、少し――いや、かなり苦手なタイプだ。

早く日付が変わってほしい。日めくりカレンダーをもう一枚めくることができたなら、心花の余命をリセットできるはず。スマホで時間を確認するが、こういうときに限ってちっとも進んでくれない。

会計を終えた心花と外に出ると、そばの建設現場を指さす。

「そこのマンションのそばは通らないで」

そう言う俺に、心花はクスクスと笑う。

「なんだか、昔に戻ったみたい。中学くらいまでは、よくこんなふうに注意してくれてたよね」

「危なっかしかったからな」

小学生のときに溺れかけて以来、ずっと心花がいなくなることに恐怖を覚えている。

「でも、創生が守ってくれている気がしてうれしかったんだよ」

言葉のとおり本当にうれしそうに笑う心花を見ていると、さっきまでの寒さが和らいだ気がした。

それから俺たちは、学校のこと、冬休みのことを話しながら歩いた。時刻は十一時半を過ぎている。

なんて静かな夜なんだろう。運命が心花を素通りしてくれることを願いながら、気がつけば心花の家に到着していた。

「今日はありがとう。送ってくれてごめんね」

門の前でふり向く心花に、肩をすくめてみせる。

「もう今日はおとなしく家にいろよ」

「いくらうちが自由でも、さすがにこんな時間からは出かけないよ。創生こそ気をつけて帰ってね」

心花が右手をあげたので、その位置に合わせてハイタッチをした。

「じゃあ、おやすみなさい」

ペコリと頭を下げる心花に、あふれそうな気持ちが言葉に変換されそうになる。

——心花のことが好きなんだ。

でも、今はまだ言えない。運命を変えることができたなら、ちゃんと伝えよう。どんな答えだったとしても、心花を見守っていこう。

家のなかに入るのを確認し、近くにある電柱のそばに立つ。

雪は激しく降り続け、地面に薄く積もりはじめている。

やっぱりマフラーを借りておくべきだった。

「お疲れ」

向こうから智春と竜海が歩いてきた。

「君たちって前からハイタッチなんてしてたっけ？」

　寒そうに肩をすぼめながら竜海が尋ねた。

「マイブームなんだって。遅くまでありがとう。おかげで無事に家に送り届けることができたよ」

「家に強盗がいたりしたら終わりだけどな」

　物騒なことを言いながら、智春が肉まんを渡してきた。

「ライバル店で買い物をするなんて思ってもなかったけど、案外うまいぞ。店員は愛想よすぎてキモかったけど」

　礼を言って受け取る。

「これで十二時を過ぎれば日付が変わる。そうなれば心花の運命を変えられるんだよな？」

　智春のうしろに立つ竜海に問いかける。

「たぶん……。でも、本当のことは誰にもわからないから」

　申し訳なさそうに言ったあと、竜海が「あの」と続けた。

「前回話したことを覚えている？」

「ああ。うまくいかなかったらちゃんと話しかけるよ」

　そんなことにならないよう、スマホの時計をじっと見つめた。

あと一分で明日になる。余命カレンダーが新しい日付に変われば、このタイムリープを終わらせることができるはず。

「あ……」

ふいに視界がぐらんと揺れたかと思うと、世界が止まった。

智春の口から生まれた白い息がその形を維持している。動画を一時停止したように、雪も宙で停止している。

「智春！」

肩を触ろうとするが、あっけなく右手は智春の肩をすり抜けてしまう。スマホは23：59のまま動いていない。

「ウソだろ。なんでだよ……」

時間を止めた世界が暗くなっていく。闇が降りてくるように、なにもかもを黒色に塗りつぶしていく。

また時間を戻されるのか……？

なんでだよ。心花は無事なのに、なんでまた時間が戻るんだよ。

右手からスマホが落ち、真っ暗な地面で音を立てた。

絶望という黒い闇が、俺を呑みこんでいく。

第五章

すべての神様へ

12月20日(金)

まぶしい光に目を伏せる。さっきまでの痛いほどの寒さもなく、にぎやかな声が周囲からしている。

「正直に言うと、あたしネコが苦手なんだよね。昔、引っかかれたことがあってさ」

菜月の言葉を耳にするのと同時に、

「ああ……」

深いため息が漏れた。

いつもの教室、いつものメンバー。

「おい、落ちたぞ」

智春がなにかを俺の机に置いた。さっき落としたスマホだ。

画面をつけると『12月20日(金)』の文字が現れた。

また……戻ってきてしまった。

「じゃあ、代わりに四人で遊ぼうよ。二十五日にみんなでクリスマスパーティをするのはどう?」

心花の声に顔をあげた。

もう、心花の体は向こうが見えてしまいそうなほどに薄くなっていた。

俺が……運命を変えられなかったからだ。

「ごめん」と菜月が申し訳なさそうに言った。

「イヴとクリスマスはカレシとデートなんだよね」

なにもかも同じだ。こんなに何度もくり返しているのに、運命から逃れることができないなんて……。

心花が俺の前からいなくなることが、こんなに怖いなんて知らなかった。それなのに、俺は自分の気持ちを隠した挙句、心花やこの町から去ろうとしていた。

――早く竜海と話さないと。

「じゃあ二十六日に集まろうか」

俺の提案にうなずくみんなを確認してから立ちあがる。心花が不思議そうな顔で首をかしげた。

「どうしたの？」

「ちょっと……用事を思い出したから帰るわ」

荷物を手に壁側の席に座っている竜海のもとへ向かう。俺に気づいた竜海が、まだ他人の表情を浮かべている。

「悪いけど、ちょっと相談したいことがあって。廊下で待ってる」

そう言ってから薄暗い廊下に出た。

ひどく体がけだるいのは、体内時計が狂っているせいだろう。

戸惑いを顔と態度にくっつけた竜海がおずおずと近づいてくる。

「あの……相談ってなに？」

「タイムリープについて話をしたい」

「え？」

前と同じ反応に、今さらながらタイムリープをしていることを自覚して泣きたくなる。

「俺、タイムリープをしているんだ。前のタイムリープのとき、竜海にいろいろ教えてもらって。結局うまくいかなかったけど、今回も助けてほしくて」

頭のなかで目まぐるしく思考を整理しているのだろう。フリーズする竜海に、俺は言う。

「竜海のおばあさんがタイムリープをして助けに来てくれたことも聞いた」

ヒュッと竜海が短く息を呑んだ。

「すごい……」

「ファミレスに行ったことないんだろ？　おごるから話を聞いてほしい」

結論が出たのだろう。竜海はダッシュで教室に荷物を取りに行った。

竜海は前回と同じで、ドリンクバーしかオーダーしなかった。

あったできごとを話す間、竜海はスマホにメモを取り続けていた。日付を越える寸前にもとの時間へと戻されたことを話すと、竜海は納得したようにうなずいた。

「すごいね。藤井——創生は本当にタイムリープしてるんだ」

名前で呼ぶようにとも伝えてある。

メガネ越しに尊敬するように見てくるけど、俺の浮かない表情に気づき「いや」と口ごもる。

「創生からすれば、同じ時間ばかりくり返しているから大変だろうけど」

ポテトフライは手をつけることなく冷めてしまった。

「『もしものときは僕にもう一度話をしてほしい』って言われてた。運命を変える方法を知っているんだろ？」

「あ……どうだろう」

ウソをつき慣れていないのだろう、あからさまに動揺している。

「俺は——どうしても心花を助けたい。どんどん体が薄くなっているから、チャンスはもうあまり残されていないんだと思う」

「……そんなに？」

「だからお願いします。どんなことでもいいから教えてください」

人に頭を下げることなんてないと思っていた。だけど心花の余命カレンダーをめくるためなら、俺はなんだってやる。心花を二十七日の世界に連れて行ってやりたい。

しばらく沈黙が続いたあと、「わかった」と竜海が言った。

「話をする前に確認させて。前回は芳川くんを協力者に選んだのに、どうして今回は呼ばなかったの？」

渇いた喉を炭酸で潤わせた。

「さっき――前回はうまくいったと思ったのに、もとの時間に戻されてしまった。運命を変えるということは、それくらい大変なことだってわかった。だとしたら、智春にも危険なことが起きるかもしれない。だから、今回は俺ひとりでやりたいんだ」

「僕は協力者が必要だと思うけど」

「知ってる。だけど、心花にだけ集中したいんだよ」

竜海は深くうなずいたあと、あたりを確認してから顔を近づけてきた。

「藤井……あ、創生が知りたかったことを教えるよ」

「頼む」

「運命を変えるには……その人の身代わりになるしかない」

「身代わりに？」

そうだ、とうなずき竜海は体をもとの位置に戻した。

「おばあちゃんはそのことを知ったからこそ、あの日、僕の身代わりになって死んでくれたんだと思う」

「……ああ」

乾いた声がこぼれ落ちる。なんとなく、そうじゃないかと予測はしていた。誰かの命を救うには、その人の身代わりになるしかないって。

「竜海はさ、もしもタイムリープできたとしたらどうする？　おばあさんの命を救う？」

「救う」

かぶせ気味に竜海は断言した。

「そのためにタイムリープについて調べているんだから」

「自分が死んでしまってもいいのか？」

竜海は口角をあげ、逆に目じりは下げた。

「生きていたいとは思うよ。でもね、おばあちゃんが僕の身代わりになったと知ってからは、見えない重荷を背負っている感じなんだ。なにをしていても、ずっとそのことが頭にある。自分が死ぬとかはどうでもよくて、運命をもとに戻すだけだって思ってる」

「わかるよ。俺は助けたい。心花に生きていてほしいんだよ。そのためなら、心花の身代わりにだってなる」

心花を救えるのなら、なんだってやる。将来の夢も希望もなにもなかった。そんな俺が見つけたたったひとつの生きがいが、心花なんだ。

「白石さんが一生苦しむことになっても？」

「……大丈夫だよ。心花はなにも知らない。お前も教えるなよ」

ギロッとにらみつけるが、竜海は平然としている。

「教えないけど、目の前でなにかしらの事故が起きて、創生がかばってくれたことは忘れないと思うよ」

それでもいい、と思った。目の前で心花を失うことに比べたらよっぽどマシだ。

俺の決意を悟ったのだろう、竜海は鼻から大きく息を吐いた。

「おばあちゃんはさ、六周目でなんとか成功したって言ってた。今、創生は五周目だよね？　白石さんの体はどれくらい透けてる？」

「どうだろう。あまりしっかり見られなかったけど、消えそうなほどじゃないと思う」

店内にいる女子高生やカップルはみんな楽しそうにはしゃいでいる。死ぬことについて話しているのは俺たちくらいのものだろう。

「まだ時間はあるよ」

「え？」

周りに気を取られてボーッとしていたらしい。竜海は身を乗り出すと、スマホの画面を見せてきた。

そこにはたくさんの文字がぎっしりと並んでいる。

「僕なりに運命を変える方法をいくつか考えてみたんだ。そのなかでも、いちばん可能性がある方法を教えるから試してみてほしい」

「でも――」

「僕は君たちの運命を知ってしまった。創生と白石さん、どっちが死んだとしても新たな重荷を背負うことになるんだよ」

「あ……悪い」

謝る俺に、竜海は首を横にふった。

「でも、僕に相談してくれたことに絶対意味はある。だから、あきらめる前に試してみてほしい」

真剣な顔で、竜海は俺にその方法を説明しはじめた。

それは、俺が思ってもいない内容だった。

12月21日(土)

「いらっしゃいませ！」

元気すぎる声を店内に響かせたあと、入店したのが俺だということに気づいた智春が「うわ」と言った。

「創生かよ。言って損した」

ここに来るのも何度目だろう。やり取りはぜんぶ記憶に刻まれているのに、智春にとっては初めてのことなんだよな……。

「昨日急に帰ったけど、なんかあったのか？」

「そのことで相談したいことがある」

「相談？　いいよ、相談に乗ってやる代わりに俺からも頼みたいことが――」

「からあげは次の客が買うから大丈夫」

智春は「うわ」と叫んでから、眉をひそめた。

「なんで俺の頼みがそのことだってわかった？」

「レジが終わったら話すよ」

言っている間に例の客がカゴを手にレジに向かうのが見えたので、パンコーナーに移動した。

「タバコの二十五番とからあげをひとつ」

「え⁉」

大きな声をあげた智春が俺を見てきたけれど無視した。

客を見送ったあと、智春が俺の場所に駆けてきた。

「あの客、からあげ買ってくれた。お前って予言者？」

「そういうこと。それより、話を聞いてほしい。休憩のときでもいいから」

「創生にとって大事な話なのか？」

「ああ」

重い気持ちのままうなずく俺を数秒観察した智春が、

「ちょっと待ってろ」

と言って入り口へ向かった。と、思ったら、自動ドアの外になにか張り紙をつけ、カギをかけブラインドをおろしてしまった。

「え、マジで？」

「スタッフが休んでひとり勤務になるときはよくやってる。そりゃ本部にバレたら叱られるだろうけど、こっちだって休憩取らないと倒れちゃうからな」

張り紙には『スタッフ不足のため三十分間休憩を取っております』と手書きで記し

てあった。

「そんなことまでしてもらっていいの?」

「そんなことまでするレベルの相談だろ? 昨日から様子がおかしかったし、今もひどい顔してる」

寝不足なことはとっくにバレているらしい。店内に流れるBGMのボリュームも絞られ、レジの奥にあるスタッフルームへ連れていかれた。

ノートパソコンが載っている小さなテーブルと、スタッフ用の縦長ロッカーが三つ、あとはパイプベッドがひとつあるだけの部屋で、窓もない。

椅子を勧められ座ると、ギイと悲鳴がした。智春はベッドにドスンと腰をおろした。

「で、なに?」

「二十六日の話なんだけど、ほらカラオケに集合するってやつ」

「あれか。サプライズでケーキでも持っていくとか?」

「そうじゃなくて……」の言葉のあとが続かない。

竜海は言った。『白石さんにこれまであったことをすべて話してみるんだ』と。

話すことにどういう意味があるのか、と尋ねた俺に、竜海はスマホに保存していたメモを見ながら言った。

『自分の身に起きていることを知れば、白石さんにも運命に抗(あらが)おうとする力が生まれる』

　竜海はほかにも言っていた。

『日付が変わる瞬間に、お互いが『運命を変えたい』って願うこと。ふたりがそう思っていれば、きっとなにかが変わるはず』

「おい、創生！」

　ぐわんと視界が揺れるのを感じた。目の前に、智春の顔がある。

「なにボーッとしてんだよ。親が起きてくる前に早く話せよ」

「悪い」と咳払いをした。

「二十六日はカラオケの部屋が一時間半しか取れない。カラオケ店を出たあと、俺と心花をふたりきりにしてほしい」

　きょとんと動きを止めた智春。やがてその口がニヤニヤとしはじめる。

「んだよ。もっとストレートに言えよ。つまり、そういうことか」

「どういうことだよ」

「前からそうじゃないかと思ってたんだよな。でもこっちから言うと逆ギレされそうだからお前から言うのを待ってたんだよ」

「違う」

　否定しても智春はうれしそうに何度もうなずきをくり返す。

「ついに心花に告白するってことかぁ。それだったらよろこんで協力するって」

「そうじゃなくて――」

「いいっていいって。お前の気持ちなんてバレバレ。さっさとコクればいいんだよ」

心花に起きていることを話すのなら、それもある意味『告白』に当たるのかもしれない。

「心花と菜月には内緒でうまくやってほしい」

「要はふたりきりになれるようにすればいいんだろ？　菜月には俺から適当な理由をつけて話しておくわ」

そこまで言ったあと、智春が「あれ」と俺を見た。

「でもさ、告白してうまくいったら、お前高校どうすんだよ。高校だけじゃない、遠くの会社に就職する作戦だって――」

「あれはもういいんだ」

「……へ？」

「親の気持ち――と言っても父親の気持ちを聞くことができた。たぶんどの道を選んでも反対はしないと思う。でも今は、みんなと同じ高校に行って、大学もなるべくみんなの行く大学に進みたい」

納得できないのか、ベッドからおろした足を智春が組んだ。

「結局それって、親に負けたってことじゃん」

「そうじゃない。自分で決めたんだ。親とちゃんと話した上で、そうしたいって思ったんだよ」

「……俺はコンビニを継ぐつもり。それは譲らねえ」

ムスッとする智春。俺はかつての共犯者という感じなのだろう。

智春は親の反対を押し切り、このコンビニのあとを継ごうとしている。

「なあ、智春もちゃんとおじさんたちと話をしたほうがいい」

「してる。でも、すぐにケンカになるんだよ」

「ケンカ腰じゃなく冷静に、だよ。自分の意見を主張する前に、親がどう思ってるのかを最後まで聞いてから、今度は自分の意見を小声で穏やかに言ってみな」

二階から物音が聞こえたので、智春は慌てて店を再開した。

俺も出口へ向かい、もう一度、智春にお願いをした。

「二十六日のこと、頼むな」

「ああ。あと、今言われた親のこともやってみるわ」

軽くうなずいてコンビニをあとにした。

空には無数の星が光っている。田舎そのものの景色だと敬遠していけれど、なぜかその広大で美しい星空をしばらく眺めてしまった。

いよいよ運命の日が近づいてきた。

「今度こそ、運命を回避してみせるから」

願いごとをひとつして、冬に攻撃されながら家へ向かった。

12月26日（木）

カラオケをはじめて一時間経ったころ、

「コンビニの手伝いが急に入っちまったから帰る」

まず智春がぎこちなくそう言って、立ちあがった。

「私も、なんか具合悪くって彼氏に迎えに来てもらうよ」

続いて菜月。

前回は花火を避けるための演技も、今回は違う。菜月が意味深な視線を送ってくるところから考えるに、たぶん智春は『創生が心花に告白する』みたいな説明をしたのだろう。

「えー、菜月まで帰っちゃうの」

心花の嘆く声がスピーカーから聞こえた。

ふたりがそそくさと帰るのを見届ける。

「落ちこむなよ。俺がいい場所に連れてってやるから」

前回となるべく同じルートで動けば、通り魔が飛び出してくるようなこともないだろう。

「いいところ？　それってどこへ？」

「ドリームズ――」

「ウソ！」と、心花がソファから勢いよく立ちあがった。

「ドリームズランドに行けるの？　今、ナイター営業をやっててね、イルミネーションがすごいんだって」

「らしいな」

前と同じ列車に乗り、イルミネーションを観たあとお茶をするために店に入る。

そこで、心花にこれまで起きたすべてを話すつもりだ。信じてもらえるように必死で話すしかないが、疑わしいのは自分のコミュニケーション能力だ。心花が納得してくれる説明ができるだろうか……。

いや、やるしかないんだ。

「ドリームズランドに行けるなんて最高！」

うれしそうにほほ笑む姿が、今にも風景に溶けて消えそうだ。

前回と同じように通路を抜けると、夜の遊園地が目の前に広がっていた。入場口は華やかな電飾で彩られ、観覧車が夜のなかで光っている。

チケットを購入し、園内に足を踏み入れるが華やかだったのは入場口だけで、やはり薄暗い風景が広がっていた。

テンションが高いのだろう、心花はワクワクを隠し切れない様子。

「ねえ、早く行こうよ。あっちだよね？」

観覧車のほうへ駆け出しそうな心花の手を、

「危ないって」

と、躊躇せずに握ってからすぐに離した。

「こっちの道は明るいから大丈夫」

ニコニコと笑う心花の体が残像のように半分透けている。

前回は違った方向へ進んだけれど、この道は明るいし大丈夫だろう。

「あとで一緒に写真を撮ろうよ。光のトンネルのところがいいな」

「俺はいいよ。写真は苦手」

「すぐそういうこと言うんだから」

心花の少しうしろを歩いていくと、急にあたりが明るくなった。

「うわ、すごい。創生見て見て！」

観覧車の下に広がるイルミネーションを指さす心花。

うれしそうにはしゃぐ心花につられ、こっちまでテンションがあがりそうになる。

この笑顔が曇りませんように。今にも降り出しそうな曇天の空に願いをひとつかけた。

心花は自撮りをしたあと、

「ほら、入って入って」

とカメラに入るように促してくる。

「俺はいいよ」

「誘ったのは創生のほうでしょ。はいポーズ」

写真をチェックした心花が、「無表情だし」と文句を言ってきたが、聞こえなかったフリをした。

「なあ、カフェに行かない？」

「カフェ⁉　すごいね、私も同じこと考えてた。パンケーキ食べちゃおっと」

今日の心花は前回来たときよりテンションが高い。これもバタフライ効果の一種なのだろうか。

スマホを確認すると午後八時を過ぎたところ。前回よりも早いけれど、とりあえず順調だと言えるだろう。

カフェに入ると宣言どおり心花はパンケーキを注文した。俺はホットココアにした。

店内は混んでいて、たくさんの笑顔が咲いている。

「カロリーオーバーだけど、今日くらいはいいよね？」

パンケーキをほおばる心花に、ぎこちない笑みを返した。

いよいよ心花にすべてを話さないといけない。甘いココアで唇を湿らせた。

「今日は心花に話があるんだ」

「うん」

シロップをたっぷりつけたパンケーキを口に運ぶ心花。この笑顔を曇らせてしまうのは苦しいけれど、運命を変えられるなら——。

「タイムリープって言葉を知ってる？」

「知ってるよ。アニメで見たことある」

「俺は……この一週間を何度もタイムリープしてるんだ。二十日の日から今日までを」

「ふうん」

ナイフとフォークを持つ手を止めた心花が、

「ごめん。どういう意味なのかわからない」

と、困ったように首をかしげた。

「わからなくて当然だと思う。信じてもらえないとも思ってる。だけど、最後まで聞いてほしい」

真剣な口調で言うと、心花はついにナイフとフォークを皿の上に戻した。

「よくわからないけど、ちゃんと聞く」

居住まいを正す心花に、周りに聞こえないように顔を近づけ、タイムリープの話をはじめた。心花は花火のくだりで「なんで知ってるの⁉」と驚いていたが、最後まで聞く約束を思い出したのだろう、両手で口を押さえた。

「一度目は川へ転落、二度目は交通事故、三度目は工事現場の足場が崩れた。前回は無事に家まで送り届けたけれど、日付を越える前にもとの時間に戻されてしまった。だから、竜海と話し合って――」

「竜海くんって……森上くんのこと？」

「そう。竜海はタイムリープについて昔から調べてて、今回は竜海のアイデアで、心花にすべてを話しているんだ」

「……うん」

心花はうつむいてしばらく黙っていたが、やがて決意したように顔をあげた。

「つまり……私は今日死ぬ運命、ってことだよね？」

「そういうことになる」

「創生は私を助けるために何度も同じ時間をくり返している。前回はうまくいったけれど、なぜかまたタイムリープすることになった。そういうこと？」

顔の表情からは信じてくれたかどうか判別がつかない。

心花の身代わりになる話はしなかった。きっと全力で拒否するだろうから。

店内に流れるＢＧＭがやけに大きく聞こえる。周りのカップルのはしゃぐ声も、食器の音も。

会計を済ませて外に出ると、雪が舞いはじめている。やはり前回よりも時間はそうとう早い。

それから最寄り駅に戻るまで、心花はじっとなにかを考えているようだった。


「信じるよ」

帰り道を歩きながら、心花が言った。

降る雪は、今にも心花の体を通過してしまいそうに思えた。それくらい夜の暗闇のなか、心花の体は幽霊みたいに薄い。

その体に触れたい気持ちを必死で抑える。

「私、みんながウソをついているとすぐにわかるの。カラオケで智春と菜月が急に帰ったときも、すぐにウソだってわかった。てっきり花火をするのがバレたんだと思ってた」

「ふたりには事情を話していない。俺が心花とふたりきりになるためにそうしてもらったんだ」

小さくうなずく心花の口から白い息が生まれている。

「創生がウソをついていないのもわかる。だから、信じる」

「ありがとう」

最初から話しておけばよかった。智春に説明したときに比べ、ずいぶん早く理解してくれている。

「何度も時間を戻ってくれているなんて驚いちゃった。私なんかのためにありがとう」

「きっとこれで終わるはず」

心花が事実を知ったことで、運命だって変わるはず。バタフライ効果があるのなら、これまでしてきたことにも意味があると俺は信じたい。

「でも、さすがにショック。自分の命があと数時間で終わるなんてすごく悲しい」

降り続ける雪を見あげる心花の横顔がさみしそうに見えた。

「心花が自分の運命に立ち向かえばきっと変わるはず。日付が変わるときに一緒に願いごとをしよう」

「半年遅れの七夕の願いごとだね。ううん、一日遅れのサンタさんへの願いごとかな」

どっちだっていい。心花の命を消さないでくれるのなら、誰にだって願ってやる。

「ねえ、どうして『織姫と彦星』なの？」

「え？」

意味がわからない俺に、「だって」と心花は眉をひそめた。

「呼び捨てで呼ぶこともあるけど、『サンタさん』って呼ぶことのほうが多くない？　でも、『織姫さん』とか『彦星さん』とは言わないから」

「今、そんなことどうでもいいだろ」

「どうでもよくない。疑問を解決してくれるのが、創生の役目なんだからね」

いつもの心花の様子にホッとした。運命に立ち向かう力はどうやらあるようだ。

「よくわからないけど、『サンタさん』はニックネームみたいなものかも。『サンタさん』と言うことはあっても、『サンタクロースさん』とは言わないだろ」

「あ、ほんとだ」

パチンと心花が手を打った。

「『織姫と彦星』はふたりでワンセットみたいなイメージ。漫才のコンビ名だと考えたら『さん』をつけないのも納得できる」

思ったまま伝えると、心花が目を線にして笑った。

「すごいね。やっぱりわからないことは創生に聞くのがいちばんだよ」

「だろ？」

自慢げにあごをあげてみせたあと、

「それよりコンビニでパンを買わないと」

と、伝えた。

「あ、忘れてた。へえ、こういうのもわかるんだね」

コンビニに寄ってパンを買ったあと、建設現場に気をつけながら橋まで辿りついた。

頼りない街灯のなか、川が流れる音だけがする。

「このあたりで私は事故に遭ったの？」

「時間的にはもっと前だけどな」

さすがに車の通りもまばらになっているが、なにが起きるかわからない。

「日付が変わるまであと三十分くらいある。心花の家の前で待機しよう」

「ここにいちゃダメ？」

「ここって、ここ？」

橋を指さす俺に、心花は大きくうなずき歩いていく。

「家の前で話してたら怒られちゃうかも。ガードレールの内側にいれば安全だし、この高さの手すりなら乗り越えでもしない限り大丈夫だよ」

「橋が崩れたらどうすんだよ」

そう言う俺に心花はなぜか口をキュッと閉じてしまった。さっきまでのやわらかい雰囲気が消え、急に風の温度を感じる。

手すりに置いた手をもとの位置に戻し、心花は俺に体を向けた。

「ここで、いつも創生のことを待ってた」

「え？」

「毎朝、ここに立って、橋を渡ってくる創生を見ていたんだよ」

急展開する話についていくことができない。心花はそこでやっと小さく笑った。

「待っている時間は楽しかった。どんな顔をしてるのかな、とか、あくびを何回するのかな、とか、寝ぐせがついてるかな、とか」

「……心花？」

「だけど、もうここで創生を待つことはないんだね」

どうしたんだろう。今にも泣きそうな顔で心花は話している。

「運命を乗り越えればまた同じような毎日が待ってるから」

「本当にそう思う？」

あきらめたような口調の心花。大きな瞳に涙が浮かんでいる。

急にどうしたんだよ……。

「三学期からも毎日会えるし、俺も海北高校に行くことにした。ここで待ち合わせをして、一緒に登校しよう」

雪が激しさを増し、心花の表情がうまく見えない。

躍る髪を押さえながら、心花は首を横にふった。

「私、なんとなくわかるんだ。きっと十二時になったら、創生はまた二十日に戻ってしまうって」

なんでそんなことを言うんだよ。ひょっとして運命は、心花の心を攻撃しているのだろうか。

「弱気になるなよ。ふたりで運命に抗うって決めただろ」

けれど、心花はゆっくりと首を横にふる。

「どうして創生だけがタイムリープしているのか、考えたこと、ある？」

「え？」

心花が泣き笑いの表情になった。

「一度決まってしまった運命は変えることができないんだよ。創生だけがタイムリープしているのは、私の死を受け入れてないからだと思う」

「受け入れることなんてできるわけないだろ。心花が――死ぬなんて、そんなこと受け入れられるかよ！」

思わず口調が強くなってしまった。

「創生はやさしい。昔からずっとやさしいね」

「なあ……どうしたんだよ。一緒に運命を変えるんだろ。そんなこと言うなよ」

オロオロする俺を、心花は静かにほほ笑んで見ている。

「私ね、一度創生に助けてもらったときから、いつかこんな日が来ることを、頭のどこかでわかっていた気がする」

「……やめろよ」

「最近すごく体がだるいの。命を延長してやり直しているせいだったんだね。でも、もう終わりにしようよ」

「やめろって」

「私が死ぬことを受け入れてみて。そうすれば、きっと――」

「やめろって！」

叫ぶと同時に、心花の肩を両手でつかんでいた。

「そんなことできるはずないだろ！　こんなに……こんなに心花のことが好きなのに！」

「創生……」

「好きなんだよ。ずっとずっと好きだったんだよ」

心花のいない人生なんて耐えられない。失うということは、俺自身も消すことになるのだから。

ああ、涙で心花の姿がゆがんでいる。泣いている場合かよ。自分を戒(いまし)めているうちに、心花は俺の手からするりと抜けた。

「私も創生のこと、ずっと好きだったよ。きっと、創生が私を想う前から」

「え……マジ？」

心花も俺のことを？　ぽかんとする俺に、心花は両手で顔を覆ってしまった。

「うれしい。創生も同じ気持ちだったなんて……うれしいよ」

こういうとき、普通は抱きしめたりするものだとわかっている。なのに、今動いてしまったら、ぜんぶ夢だったことになりそうで怖かった。

「心花、俺……」

そこで頬に熱い涙がこぼれた。すぐに風が涙の温度を奪っていく。

「これ、クリスマスプレゼント。プレゼント交換とは別に買っておいたの」

心花の手に小さな紙袋があった。

受け取ってなかを見ると、それは心花の好きなキャラクターのキーホルダーで、俺が買ったのと同じものだった。

「クリスマス限定バージョンなんだよ。おひとり様ひとつ限りだから、けっこうレアだと思うよ」

「ありがとう。実は、俺もプレゼントがあってさ」

リュックから包装紙を取り出して渡した。

「え、私にも？　うれしいな」

まるで包装紙そのものが高価なものみたいに顔を輝かせている。包装紙を開けて中身を見た途端、心花はブッと噴き出した。

「ウソ、一緒だ！　えー、すごい」

「考えてることは同じだな」

想いを伝えることとなんて、永遠にないと思っていた。心花も俺のことを好きだったなんて信じられない。

キーホルダーを手にしたまま、涙を拭う心花を見る。

こんなに薄くなってしまって……。またあふれそうになる涙をこらえ、その小さな体を抱きしめた。

聞こえるはずもないのに、心花の心臓の音が聞こえる気がする。この鼓動を止めようとする運命から、俺は絶対に心花を守ってみせる。

「もうすぐ日付が変わるね」

心花がそう言って、不安げに俺を見あげた。キスをするのに勇気なんていらなかった。

想像以上にぎこちなく、触れる程度のキスだったけれど、俺たちらしいキスだと思った。

「もしも、またタイムリープをしたなら――」

「その話はしたくない」

そう言うと、心花は俺の腕のなかでゆっくり首を横にふった。

「ちゃんと聞いて。もしもまた二十日に戻ったなら、今度は運命を受け入れてみて」

「嫌だ。もう心花を失いたくない。目の前から消えてしまうのを見るのは最後にしたい」

「でも……」

体を離そうとする心花をさらに強く抱きしめた。

「願おう。運命を変えてもらえるように本気で願おう」

降りしきる雪を見た。その向こうにいるサンタクロースと織姫と彦星、そしてすべての神様に祈った。

――どうか、どうか心花を連れて行かないでください。

「ああ……ダメみたい」

なにか悟ったように心花がそう言った。

「心花……ダメだ。ちゃんと願え。これからも一緒にいるって！」

「運命は変えられない。だから、創生も――」

ぐにゃりと世界がゆがみはじめている。

これは——時間が戻る合図だ。

「心花っ！」

抱きしめる感覚が失われていく。

「なんでだよ。なんでなんだよ……」

やっと想いを伝えられたのに。やっと、長い片想いが実ったのに。

あきらめない。絶対にあきらめたくなんかない。

運命を変えられないのなら、できることはあとひとつ。迷いもなく、すぐにその答えが生まれた。

心花が生きてさえいてくれるなら、怖いことなんてひとつもない。

誰かが死なないと終わらないループなら、俺が身代わりになって死のうと思う。

第六章

君が運命のとき

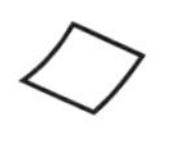

12月26日(木)

にぎやかなファミレスで、さっきから俺たち三人は黙りこくっている。

前の席に座る智春と菜月はお互いの顔を見合わせ、どっちが先に口火を切るか譲り合うようにあごを動かしている。攻防に負けたのだろう、智春がコーラを飲み干してから口を開いた。

「先週、おかしなことを言ってたよな？」

「ああ」

俺のほうのコーラは炭酸が抜け、ぬるい砂糖水になっている。

「なんで予言者みたいなことを言ってくるのかわかんなかったけど、たしかに創生の言ったことばっか起きたわ。それは認める。な？」

菜月は大きくうなずいたが、話すのは智春の役目らしくすぐに視線を落としてしまう。

「何度もタイムリープしたってのも、まあ――信じるよ。でも、キャラが違いすぎて怖い。お前、ここんとこずっと暗い顔してるし。それに、なんで心花に内緒なのかがわからない。ちゃんと説明しろよ」

あの夜、日付が変わる寸前で時間が止まった。気づくと二十日に戻っていて、目の前にはさらに薄い体になった心花がいた。

そのとき、ふたりにすべて話して協力してもらおうと決めた。ふたりに危険が及ぶことは避けたいけれど、俺ひとりの力ではどうしようもないことだとわかった。

智春には、おじさんが倒れたこと、コンビニの客のことなど。菜月には天気のことや、ドライヤーのことで親とケンカになることを伝えてあった。

そのうえで話を聞いてもらうため、ここに来てもらった。まだ昼前で、ランチ目当ての客がわんさかいる。

「俺は十二月二十日の放課後から、今日の日付が変わるまでを何度もくり返している。タイムリープというやつで、もうこれで六周目なんだ」

「あのさ」と、やっと菜月が口を開いた。

「智春は信じたみたいだけど、あたしはムリ。夢でも見たんじゃないの？」

夢だったらどんなにいいだろう。やっと自分の想いが伝えられ、しかも心花も同じ気持ちだとわかったというのに、ふりだしに戻ってしまった。

そして今日は、心花の余命カレンダー最後の日だ。

「同じ時間をくり返すたびに、心花の体はどんどん透けていってて、今じゃもう向こうの景色が見えるくらいに消えかかっている」

「そういう冗談よくないよ。それじゃあ、まるで心花がいなくなっちゃうみたいじゃない。ねえ?」

同意を求められた智春は、それに反応せずに俺の目をじっと見つめてくる。

「いや、冗談じゃないのかも」

「智春までそんなこと言わないでよ」

「創生がウソをつかないことは保証済み。しかも、誰かが消えるとか、不謹慎なウソは絶対につかない。だろ?」

「ああ」と、うなずく。

「俺はタイムリープを何度もして心花を救おうとした。だけど、そのたびに心花は事故に遭って亡くなってしまう。この数回は助かったけど、それでも日付が変わる直前で二十日に戻されてしまう」

──きっとこれが最後のタイムリープになる。

運命を変えるためには心花の身代わりになるしかない。俺が死ぬことで、このループはきっと止められる。

「やっぱり信じられない。何度も心花が死んじゃうなんてありえないよ」

菜月は手鏡を手に前髪のチェックをはじめてしまった。

「じゃあ、信じなくてもいいからひとつだけお願いがあるんだ」

「それくらいならいいよ」

鏡を見つめながら菜月が言った。

「夕方からカラオケに行くだろ？　一時間半しか部屋が取れないから、俺たちは追い出される。そこで心花は、みんなで花火をしたいと提案してくる」

「今、真冬だよ？　花火なんてするわけないでしょ。こんな恰好で行ったら凍死しちゃう」

「心花からマフラーとひざ掛けを貸してもらえるはずだから大丈夫」

そう言いながらふと違和感を覚えた。最初に花火をしたとき、心花はマフラーしか持っていなかったような気がする。これもまた、バタフライ効果なのだろうか。

「菜月はもう黙ってろよ。創生、話を続けて」

身を乗り出す智春。やっぱり今回も信じてくれたんだ、と胸が温かくなる。

「花火のあと、橋の手前で心花と別れることになるけれど、あいつが家に入るまで見送ってほしい。注意することは三つ。ひとつは、橋の堤防の道を選ばないこと」

「あの堤防、危ねえからさすがに夜は通らない――って、悪い。続けて」

「でかい交差点で車が突っこんでくるかもしれない。少し遠回りになるけど大きな交差点は通らないで。で、最後の注意点はこれ」

智春のコンビニで買った食パンをテーブルに置いた。

「心花に渡してくれればわかるから。そのあとは日付が変わるまで心花が家から出ないように見張っててほしい」

智春はパンの袋を目の前に持ってきてじっと見ていたが、

「わかったよ。言われたこと、やるから」

そう言ってくれた。

「じゃああたしも。でも、信じてるわけじゃないからね」

「ありがとう」と、頭を下げてから思い出す。

「そういえば、通り魔もまだいるんだよな。それにも注意してほしい」

そう言う俺に、ふたりは揃って目を丸くした。

「創生知らねえの？　犯人捕まったんだぜ」

「え？」

犯人が……？　これまでのタイムリープではそんなニュースを聞いたことがなかった。

スマホを操作した菜月が、画面を俺に見せてきた。

ネットニュースに並ぶ見出しのひとつに、『〇〇市　連続通り魔事件　容疑者逮捕』と表示されている。

「なあ、この写真のコンビニって――」

建設現場のそばにあるコンビニだとすぐに気づいた。

「そうなんだよ。まさかのライバル店のバイトが犯人だった。しかも、勤務中に客に刃物を向けて現行犯逮捕されたんだって」

愛想のいい店員を思い出す。苦手なタイプだと思ったけど、まさかこんな近くに犯人がいたなんて。

「でもさあ」

菜月が俺からスマホを奪った。

「智春にとってはラッキーじゃない？　ライバル店のイメージが悪くなるし」

「んなわけねえだろ。ライバルってのはそういうことじゃなくて――」

「はいはい、わかったわかった。智春は町を盛りあげたいんだもんね」

話を締める菜月に気をそがれたのか、智春は肩を落とした。

ネットには、容疑者の名前が載っていて、職業はフリーターと記してあった。

でも、なんで……。バタフライ効果で片づけるには、あまりにも大きな変化だ。

混乱していると、頭がじわりと痛んだ。

なにか……大切なことを忘れている気がする。なんなのか思い出そうとしても、モヤがかかったみたいに輪郭すら見えない。

「それより、創生は俺たちが心花を送っている間、なにしてんの？」

「あたしたちにだけ押しつけて帰るなんて言わないでよね」

ふたりが俺を見てきたので、思考を中断しウソの理由を口にする。

「ちょっとやることあるけど、すぐに追いつくから」

笑みまで浮かべる俺に、菜月は「そう」と鏡に視線を戻した。

ドリンクバーコーナーで紅茶を淹れていると、智春がグラスを手にやってきた。

「最近ずっと元気なかったよな。それってやっぱり今日のことが心配で？」

「それもあるけど、心花の体がどんどん薄くなっててさ……。見るたびに、俺が救えなかったからだって落ちこんじゃうんだよ」

グラスにコーラを入れながら、智春が「なあ」と前を向いたまま言った。

「心花のこと、好きなのか？」

コーヒーマシンが震えながらカップにコーヒーを落としていく。

「好きだよ。ずっと好きだった」

「やっと認めたな」

ニヤリと俺を見てくる智春にうなずいた。

「だったらそんな死にそうな顔すんな。心花を守るんだろ？」

「わかってるよ」

「とにかく言われたとおりに動いてみるからさ」

智春のうしろ姿をぼんやりと見つめる。

今夜、俺は死ぬ。それで心花が生きていけるのならいいと思った。

ふたりに心花のことを頼んだのは、目の前で命を落とすところを見られたくなかったから。

車に飛びこむのは相手に迷惑をかけるからよしたほうがいいだろう。だとしたら海か川か……。冷たい水に入れば、すぐに気を失うだろう。

クリスマスの翌日に自分の死に方を考えているなんて、少し笑えた。


カラオケまで時間があるので一度家に戻ることにした。

母は仕事が休みらしく、リビングでなにやら難しそうな本を読んでいる。

「お帰り。やけに早いじゃない」

「夕方にまた出かける予定」

部屋に戻ろうと思っていたけれど、ひょっとしたら家族に会えるのはこれが最後かもしれない。

冷蔵庫からペットボトルのお茶を取り出し、母の向かい側の席に座る。母は俺をチラッと見てから本に目を戻しながら「珍しい」と、小さく笑った。

「最近やけにリビングにいることが多いわね」

「そうかな」

「口答えをしなくなったし、勉強もしているみたい。お父さんも『なにかあったのか』って心配してたのよ」

最後のタイムリープでは、なるべく家族と一緒にいることにした。ふたりを置いて先に死ぬことに対してのせめてもの償いのつもりだ。

「別になにもない。ただ、ふたりには感謝してる」

「え？」

よほど驚いたのだろう、母はしおりも挟まずに本を閉じた。

「急になによ。なんでそんなこと言うの？」

「深い意味はないけど、ただ俺はふたりが望むような子どもになれなかったから」

石油ファンヒーターが燃料切れのアラームを発したが、母は微動だにせず俺を見てくる。

「……どういうこと？　やっぱりなにかあったの？」

「別になにもない」

さっきと同じセリフを言ってから席を立ち、リビングの扉を開け、灯油の入ったポリタンクを持ってきた。

詰め替え作業をしている俺を、母は黙って見つめている。じゅこじゅこと音を立て、ポリタンクからファンヒーターのタンクに灯油が流れていく。

俺が自殺したと知ったら、両親はひどく悲しむだろう。お互いを責めることも考えられる。あくまで事故で死んだと思わせたい。海か川に飛びこむ前に、メールでもしておくか。『海で忘れ物して』とか、『これから帰る』とか書いておけばいいだろう。

不思議だ。悲しむ人がいるとわかっていても、心花の身代わりになる決意はゆるがない。むしろ、時間とともにより固くなっていくようだ。

灯油のタンクをセットし、スイッチを入れた。ポリタンクを外に戻してからテーブルに戻ると、「創生」と、蚊の鳴くような声で、母は俺の名を呼んだ。

「お父さんと話し合ったんだけど……。お母さんたち、ちょっとあなたに厳しくしすぎてたわよね」

「え？」

「最近の創生、すごくがんばってる。でも、それって本当は創生のやりたいことじゃないのかもしれない、って……。もちろんお母さんたちの希望は変わらないのよ。ただ、ほかにやりたいことがあるなら……」

「気にしすぎ。まだまだ成績は足りないけど、俺だって国立目指してるし。ただ、あまりうるさく言われると萎えるから、小言はないほうがありがたいけど」

「あ、ごめんなさい」

うつむく母はまるで別人だ。

これもバタフライ効果なのだろう。どんな状況でも、自分の気持ちや行動を変えることがいろんなことに影響していく。何度も同じ一週間をやり直すたびに、どんどん人との関係性は変わっていく。

例の通り魔が逮捕された件も、蝶の羽ばたきのせいなのだろうか。

「テレビ、つけていい？」

「ええ」

前は絶対禁止だったのに、あっけなく母はうなずく。こういう関係性で終われると思っていなかったから、ホッとしつつテレビをつけた。

どのチャンネルでも通り魔事件のことを大きく報道している。あのコンビニの前で興奮したようにリポートしているチャンネルを見ることにした。

「容疑者はなんとアルバイト先であるこのコンビニ内で女子高生を刺そうとしたところを、駆けつけた警察官により逮捕されています。容疑者は『はめられた』とわめきながらパトカーに乗せられたという情報が入っています」

「黙ってたんだけど」と、母の声がテレビの音に重なる。

「昨日、お母さんそのコンビニの前を通ったのよ。そしたらたくさんの警察の人がいたの」

「え、容疑者が逮捕されたときにいたってこと？」

驚く俺に、母は「そうなのよ」といそいそとソファの隣に移動してきた。

「万引きとか強盗事件かな、って。まさかあの通り魔事件の犯人逮捕だと思ってなかったら、今朝のニュースを見てびっくりした」

「へえ……」

たまたまその女子高生が狙われただけで、一歩間違えば母が巻きこまれていたかもしれない。

「でも、心花ちゃんが無事でよかったわよね」

思考は、母のひと言で中断した。

聞き間違いかと思ったが、まるで口が滑ったかのように母は両手で口を押さえている。

「なんで心花が関係あるわけ？」

「別に……間違っちゃったの。そう、関係ないわよね」

あからさまに動揺していることに自分でも気づいたのだろう、母は首を必死で横にふった。

「お母さんの勝手な想像だし、あなたに言うと余計な心配をかけると思って……」

「いいから説明して」

テレビのボリュームを下げた。

母は「あ」とか「う」とか言ったあと、あきらめたように深いため息をついた。

「犯人がパトカーで連れていかれたあと、警察官ふたりにつき添われて――心花ちゃんが出てきたのよ」

「心花が？」

「ええ」と母はうなずく。

「警察の人と一緒にパトカーのほうへ……。だからお母さん思わず声をかけたの」

もどかしさに叫びそうになるのを抑えた。

「まさか、心花が被害者になるところだったってこと？」

だとしたら運命は命を奪う時間を早めたことになる。幸い、怪我はなかったようだし、今朝のＬＩＮＥでも元気そうだった。

「お母さんも心配して声をかけたんだけど、あの子ニコニコ笑ってるのよ。でね、『私はちょっと協力しただけです』って……」

「協力……」

「それで約束させられたの。『このことを創生には言わない』ってことを」

ぐにゃりと世界が回るような気がした。

――なにかがおかしい。

やはり大切なことを失念している気がする。解けなかったパズルのピースを見つけたのに、どこにもはまらないいような感じ。

運命は……俺になにを課しているのだろうか。


カラオケがはじまっても、誰も曲を選ばなかった。

智春なんて買いこんだ惣菜もそのままに、俺をチラチラ見てくる。

心花の体は、もうほとんど透けてしまっている。数日会わなかっただけでさらに薄くなってしまったようだ。

「あ、あたしから歌いまーす」

ぎこちない宣言をした菜月が予約した。モニターに映し出されたタイトルは、これまで何度も聞いたアニメの主題歌だ。

「明日につなげようよ　君と一緒なら怖くない」

テロップを見て口ずさむ心花をそっと見つめた。

俺が明日へつなげてやるから。でも、そのときに俺は一緒にはいられない。

前回は思わず告白をしてしまったことで、心花の気持ちも知ることができた。ただ、そのぶん時間が戻ったことに強いショックを受けた。

心花の気持ちがわかっただけでじゅうぶんだ。なにも言わずにこの世を去っても悔いはない。

「創生、歌わねえの？」

「俺はいいや。喉の調子がおかしいし」

とても歌なんて歌える気分じゃなく、適当なウソをついた。

心花が「あ」と言い、リュックのサイドポケットからのど飴を取り出した。

「こないだコンビニで買ったの。あ……智春のとこじゃないけど」

「いいよ。心花の家からじゃあっちのほうが近いし」

肩をすくめる智春。心花がのど飴を渡してきたので、気になっていたことを聞くことにした。

「心花が行ったコンビニ。今、大変なことになってんな」

「え、そうなの？」

きょとんとする心花に、

「ちょっと」

と、菜月が言った。

「ニュース見てないの？　あの通り魔事件の犯人がコンビニのバイトだったんだよ」

「え……あそこの？　すごく怖いね」

ウソだとすぐにわかった。自分でも『すごく』を使ったことに気づいたのだろう、心花は不自然にリモコンを手に取った。

「そういえば、昨日通りかかったときにパトカーが停まってた気がする」

「犯人見た？」

ナイスな智春の問いに、心花は首を横にふった。

「ちょっと急いでたから……。それよりさ、プレゼント交換しようよ」

「ダメだ」

「え？」

「その前に心花に聞きたいことがある」

そう言うと、心花は困ったような顔になった。

「怖いんだけど」

「俺も怖い。ただ、どうしても教えてほしい」

死ぬ前に昨日なにがあったのかを知りたかった。

「いてっ」と智春が叫んだので顔を向けると、菜月が肘鉄(ひじてつ)を食らわせていた。

「あたしたち、ちょっとトイレ」

平然と立ちあがる菜月に遅れ、智春も慌てて部屋を出て行った。

両隣の部屋から重低音と歌う声が聞こえている。

「よくないよ」

心花がマイクを手にして言った。

「ふたりに気を遣わせるのはよくないと思う」

「ウソをつくのもよくないと思う」

「ついてないよ。『すごく』は口ぐせ。前から言ってるでしょ」

薄い手ではマイクが今にも落ちてしまいそうだ。

「昨日コンビニにいたんだろ？　で、通り魔事件の犯人に刺されそうになった」

「…………」

「いくらなんでもバイト先で刺そうなんて思わない。それくらい、心花が犯人を怒らせでもしたんだろう。それが心花の言った『協力』か？」

淡々と言う俺に、心花はなにか言い返そうと口を開いたが、代わりにマイクをテーブルに置いた。

「おばさん、やっぱりしゃべっちゃったんだ」

「なんで心花が捜査に協力すんだよ。なんであいつが犯人ってわかったんだよ」

「なんで創生にそのことを言わなくちゃいけないの？」

俺と同じように「なんで」という言葉を返してきた。

「なんで、って……。心配だからに決まってんだろ」

「ただの幼なじみなのに？」

こんな冷たい口調で話せるんだ、とそのことにまず驚いてしまった。心花は聞こえるようにため息をつくと、「あのね」とやさしいトーンに変えた。

「こんなこと言いたくないけど、私、創生のこと苦手なんだ。普段は冷たいくせに、みんなで集まったら急に親しげになるし」

「……待てよ」

「あのふたりだって同じこと思ってるよ。今だって、暗に追い出しちゃったし」

「待てって」

なにが起きているのかわからない。なんでだよ。心花も俺のことを好きだったはず。

『すごく』は言わないよ。だって本当のことだから」

そう言うと心花は立ちあがった。

「これからみんなで花火したいの。先に行って準備しとく。ケンカみたいになったこと、ふたりには言わないでね」

俺を見ることもなく部屋を出て行ってしまった。

「おいおい、マジかよ」

智春が先に戻って来た。

「心花、どっかいっちまったけど大丈夫なのか」

「ああ。菜月は？」

「彼氏と電話してる」

「そう」

さっきまで心花がいた場所に目を向けた。

バタフライ効果とは言えないほどの大きな誤差が生まれている。

これは……どういうことなのだろう。

「にしてもさ」と、智春が惣菜を今になって食べはじめた。

「お前も同じ時間をくり返すって大変だよな。恋の力ってすげーよな」

恋をしたからこそ、心花を救うチャンスをもらえた。もうこれで最後のチャンスなのは間違いない。

「考えろ……」

頭を抱えていると、ふいにある考えが浮かんだ。まさか、という気持ちをしのぐほど、その考えがパズルの穴にきっちりはまった。

真実はあっけなくその姿を現した。

これまでの疑問も不安もなにもかもを解消する答えが目の前にある。

そうか……。そうだったのか。

「お待たせ。彼氏がなかなか切ってくれなくて」

「しっ」

人差し指を口に当てる智春に、菜月は「は？」と短く返した。

「って、あれ？　心花は？」

「だから静かにしろって」

自分の指先を見つめる。

ショックを受けている場合じゃない。俺は、心花を救うと決めたのだから。

「ふたりにお願いしたいことがある」

「いいよ。帰りに送ってくんでしょ」

菜月がそう言い、智春は隣でうなずいている。

「その作戦は変更で。心花をひとりにしたくない。追いかけながら話すよ」

想像もしていなかった真実が今、俺の目の前にある。それは、あまりにもつらくて悲しい答えだった。


海の近くにある駐車場に着くと、風が暴れはじめていた。これから風は強さを増し、やがて雪が降り出すことを俺は知っている。

心花は懐中電灯を大きくふり、居場所を知らせてくれた。

「思ったより早かったね。これからみんなで花火大会をするんだよ」

忘れたわけじゃないだろうに、さっきのケンカのことに触れない心花。さっき出た答えが、正解だと言われている気分になる。

「菜月、やろうよ」

心花が手持ち花火を差し出すが、菜月は受け取らずに黙っている。

「なに、どうしたの？　寒いならマフラーとか帽子とかもあるよ」

「あ、そうじゃなくて……」

菜月が視線で助けを求めてくる。

俺の横に立つ智春は、まだ事情を理解できないのか、心花を見たまま動かない。

「ちょっと、みんなどうしたの？　たしかに冬に花火はないと思うけど、どうしてもみんなでやりたかったの。少しだけでいいからやろうよ」

夜が、心花を奪っていくようだ。今触れたなら、指先が体を通り抜けてしまうんじゃないかというくらい薄い体。

「なあ、心花」

聞こえているはずなのに、心花は手持ち花火に火をつけようとしている。強くなった風が生まれたとたんに炎を消してしまう。

「心花。ちゃんと聞いて」

「今はみんなで花火をしたいから聞かない。そういう強引なところがすごく苦手なの。あっ……」

口ぐせを言ったことに気づいたのだろう。慌てて手を口に当てたあと、「もう」とくぐもった声で心花は続けた。

「今のはウソじゃないよ。そういうところが苦手なのは本当のことだから」

カチカチと火をつける音だけが暗闇に光っている。たまに灯台の明かりに照らされるが、心花にはもう影さえできていない。

花火をつけるのをあきらめた心花が、俺の前に来た。

「言い合いしたくないの。あとは三人でやるから、今日はもう帰って」

そう言ったあと、心花は右手をあげた。俺が手をあげないのを見て、「もう」と唇を尖らせた。

「ハイタッチしてバイバイしようよ」

「俺の質問に答えるまでハイタッチはしない」

拳を握る俺に心花はきょとんとしながら、風で乱れた髪を押さえた。

「どうしちゃったの？　いつもやってることなのに」

「なんでこんな寒い日に花火を？」

「ただみんなで楽しく過ごしたいだけだよ」

「これが最後だと知っているからか？」

「……え？」

一瞬声がうわずったのを聞き逃さなかった。動揺を隠すように心花は、花火のセットに手持ち花火を戻している。

菜月が「心花」と親友の名を呼んだ。

「この間、創生から話を聞いたの。心花が今日、死んでしまうって」

「俺も聞いた。創生は心花を救うために何度もタイムリープしてるんだって。信じられなかったけど、今は違う」

智春が心花から花火セットを取りあげた。

ぽかんとしたあと、心花がクスクス笑い出す。

「ふたりともなに言ってんの？　そんなわけないでしょ」

「そんなわけがあることを、心花がいちばんわかってんだろ」

話しながら、いちばん恐れていた予感が現実になろうとしているのがわかる。体が勝手に震えているのは、寒いせいだけじゃない。

「なんで私がわかるの？」

「それは……」

苦しさに思わず息を吐き出した。白い吐息が空にのぼっていく。

「心花も俺と同じだから。俺と一緒に、何度も同じ一週間をくり返しているんだろ？」

俺が辿りついた答え。それは、タイムリープをしているのが俺だけじゃないということだった。心花も俺と同じタイミングでタイムリープをしている。

「そういう冗談……好きじゃないな」

じゃあ、どうして目を逸らすんだよ。言いたい気持ちを呑みこんでから、心花の前へ一歩進む。風が俺たちの間で最後の抵抗のように暴れている。

「小さな違和感があった。時間が戻るたびに、俺はなるべく同じ会話をしようとした。でも、心花は毎回少しだけ選ぶ言葉が違ったんだ」

「会話はひとりでできるわけじゃないから、相手の言う声のトーンとかでも変わってくるものじゃない？」

さっきみたいな強気な言葉じゃなく、静かな口調で心花は言った。

「俺もそう思ってた。でも、前々回のタイムリープのときから心花の行動はちぐはぐすぎた」

「……どういうこと？」

あくまでウソをつき続けるつもりなのか、心花はまっすぐに俺の目を見てきた。

「俺たちはドリームズランドにイルミネーションを見に行った。園内で最初、イルミネーションの場所がわからなくて迷ったんだよ。でも、その次のタイムリープでは、心花は迷うことなくまっすぐにイルミネーションへ向かっていった」

「私、創生とドリームズランドなんて行ってないよ」

になるし。

そうだろうな。行ったことを認めたら記憶が残っていることを肯定していることに

「それに」と心花は声に力を入れた。

「もし行ったとしても、説明がつくよ。たまたまカップルについて行っただけかもしれないでしょ」

「パンケーキのこともある」

心当たりがあるのだろう、心花はサッとうつむいた。

「最初に訪れたとき、心花はカフェのメニューにパンケーキがあることに感動していた。でも、前回はカフェに行く前からパンケーキを食べることを宣言していた」

「だから……私は行ってないって言ってるのに」

語尾が風に消されていく。

「花火のときだって、最初はマフラーしか持ってきてなかったのに、ひざ掛けが増え、今日は帽子まで」

「…………」

「ほかにもいろいろあるけど、結論としては、心花も俺と同じようにタイムリープしていたってこと。なのに、俺には教えてくれなかった」

菜月が心花の横に行き、自分の腕を絡めた。

「ちゃんと言って。心花になにが起きてるのか、あたしたちに教えて」

「……言いたくない」

叱られた子どもみたいに心花は口を尖らせる。そんな心花に、智春は呆れ顔だ。

「ここまで来てそれはねーだろ」

「でも……」

しばらく迷うように瞳をさまよわせていた心花が、大きくため息をついた。

「わかった。タイムリープしていることは認める。でも、それはぜんぶ創生のせいなんだよ。私の死ぬ運命を受け入れてくれないから、何度ももとに戻っちゃうの。すごく……とっても迷惑してるんだから」

ここまでしてウソをとおしたい理由もわかっている。

荒波にもまれているように心がぐちゃぐちゃだ。タイムリープをしていることは話せても、心花にはどうしても言えないことがある。それを考えると、今にも泣いてしまいそうだ。

「心花はやさしいよ。俺なんかのために……ここまでしてくれるなんて」

「やさしくなんかない。迷惑してるって言ったばかりでしょう？」

心花のそばに行き、その目をまっすぐに見つめた。

「俺は……心花が死ぬ運命だと思っていた。運命を変えるには心花の身代わりになるしかないんだ」

心花が笑ったように見えたが、違った。顔をゆがめ、今にも泣きそうな顔になっている。

「ダメ。それじゃダメなの……！」

必死で首を横にふりながら、薄い手で俺の腕をつかんできた。

「だって私は――」

途中まで言いかけ、我に返ったように心花は唇を噛み、残りの言葉を止めた。

俺なんかのために、こんなに苦しんできたんだな。暗闇でもその瞳に涙が浮かんでいることはわかった。

心花の代わりに俺が言うよ。このタイムリープの真実を。

「……死ぬ運命なのは心花じゃなくて、俺のほうなんだろう？」

大きく見開いた目を見て、自分の予想が当たっていることを確信した。

余命カレンダーの日付が今日までなのは俺だった。

「心花は俺が死ぬ運命を変えたくてタイムリープしている」

「ちが……」

「いくら助けようとしてもうまくいかないのは、心花が俺の身代わりになったから。俺の代わりに死ぬことを選ん――」

「やめて！」乱れる髪もそのままに心花は叫んだ。

「なんで私が創生の身代わりにならなくちゃいけないのよ。言ったでしょう？　創生のこと、ずっと苦手だったって」

「俺は好きだよ。ずっと心花のことが好きだった」

ひゅう、と風が俺たちの間を通り抜けた。言葉に詰まる心花。その瞳が夜のなかでキラキラと星のように輝いている。

「私は……」

「前回、俺たちはお互いの気持ちをたしかめあった。あの言葉にウソはないって俺は知っている。だからって、俺の身代わりにするわけにはいかない」

はっきりそう言うと、心花はしおれた花のようにうなだれてしまった。

「俺は死ぬ運命だった。タイムリープをして俺の身代わりになった。心花はそれを認めることができず、タイムリープをした。いや、一度死んでいるのかもしれない。今度は俺がそれを認められなくて、タイムリープをした。それは、お互いが本気で想い合っていたから」

違う、と言うように何度も心花が首を横にふる。

「心花」と、菜月が彼女の肩を抱いた。

「創生が言ってた。心花の体はどんどん薄くなっているんだって。これ以上タイムリープをしたら消えちゃうかもしれないって」

「……わかってる。でも、そうしたかったの」

顔をあげた瞳から、涙がひとつこぼれ落ちた。

「心花から見ると、俺の体も薄くなってんだろ？」

「う……」

顔をゆがめる心花に、そうだったんだと知る。俺たちはお互いの体が薄くなっていくことに怯えながら、同じ一週間をくり返していたんだ。

「私には夢がなかった。将来なにになりたいかもわからないまま。でも、創生は違う。好きな人に夢を叶えてもらいたい。そのお手伝いができるなら……」

智春が「なあ」と言葉の途中で遮る。

「でももう創生にバレちゃってんだぜ。自分のせいで心花が死んだら、こいつのことだから一生引きずることになる」

「それでも、生きていてほしかった。生きてさえいればいつかは……」

俺のためにそこまで……。心花の想いを知り、真冬の寒さも感じないほどに胸が熱くなる。

「ちゃんと話してほしい。もう隠しごとはなしだ」

時間がない。早く運命を俺のもとへ引き寄せないと……。

心花が菜月の手から逃れ、うつむいたまま俺の前に来た。

「あの、ね……」かすれた声で心花は言った。

「本当の時間軸での私たちは、カラオケのあとファミレスへ行くの。その帰り道、創生が目の前で通り魔に刺されるの」

「……え?」

「私の目の前で創生は亡くなった。私、信じられなくて、時間が戻るように何度も願った。気がついたら二十日に戻ってた。最初はなにをしていいのかわからなかった。最初の二回くらいはうまくいかなくて、創生は通り魔に刺されてしまった。そのあとは通り魔を避けても、川に落ちたり事故に遭ったりして、やっぱりダメだった」

「心花は、俺よりもっとたくさんこの一週間をくり返して……?」

「もう何十回目なのか忘れたくらい」

そんなわけがない。竜海は回数制限があると言っていたはず。だとしたら、心花はとっくにその制限を超えていることになる。

小さくほほ笑んだ心花が、「竜海くん」と予想外の名前を口にした。

「彼の話を聞いたでしょう? おばあさんは六回目で成功したって。やり直せる回数は身代わりになる人の残りの寿命で決まるみたい。私の年齢だと、そのぶん何回もできたってこと」

「竜海にヒントを……?」

「うん。死なせないためには、私が創生の身代わりになるしかないってわかったの」

だからって、交通事故や建材事故はあまりにも強引すぎる。身代わりになることを選んだ心花に、運命は死を与えようとした。そういうことだろうか……？

「ダメだ。俺の身代わりになるなんて絶対にダメだ」

どちらにしても黙って心花を死なせることなんてできない。

「説得力ないよ。自分だってそうしようとしたくせに」

ふっきれたような笑顔の心花が涙でゆがんで見える。

「通り魔を通報したのは私。いくら私が身代わりになっても、通り魔があのコンビニで働いていたら危ないと思ったから、警察に連絡したの」

「なんで……なんでそこまでするんだよ。もう、いいから。これ以上運命に逆らわないでくれ」

ふいに手に温度が灯ったと思ったら、心花が俺の右手を両手で包んでいた。

「小学三年生のときのこと、覚えてる？」

瞳に涙を浮かべ、震えた声で心花が尋ねた。

「心花……」

「冷たい海のなかで、自分が死ぬことを覚悟した。ううん、受け入れる感じだった。

そのとき、創生の声が聞こえたの。私の名前を必死で呼びながら手をつかんでくれたよね」

　忘れるわけがない。俺はあの日、心花がどんなに大切かを知ったんだ。

「堤防で寒さに震えながら、創生を好きだと気づいたの」

「え……」

「ずっと片想いしてたんだよ。だけど、口にする勇気がなかった」

　今、心花の頬に涙がひとつこぼれた。

「橋に立って創生を待つ時間は幸せだった。いつも『夢がない』って言ってたけど、本当は違うの。私の夢は、創生が思ったように生きてほしいってこと。違う高校や大学に行っても、町を出て就職したとしても、創生の望んだことならば応援したかった」

　やさしい声で心花は言った。

「俺も好きだ。ずっと好きだったんだよ」

「うん」

　泣き笑いを浮かべながら心花はなにかを断ち切るように首を横にふった。

「だけど、もう終わり。創生が目の前で死んじゃったときにわかったの。あの日助けてもらった命を返すときがきたんだって」

　こんなときなのに、なんで笑っていられるんだよ。

意識せずに涙が頬をこぼれ落ちる。

俺の身代わりになるために同じ一週間を何度もくり返したなんて、どれだけ苦しかったのだろう。どれほど悲しかったのだろう……。

「運命を変えたい。俺たちなら変えられるはず。一緒に、その道を探そう」

これ以上タイムリープをすれば、心花が死んでしまう。俺の身代わりに心花が消えるなんて、絶対にさせない。

包んでいた手を離し、心花がひとつうなずく。

「そうだね。なにかできることがあるかもしれない」

前向きな言葉に、智春と菜月が歓声をあげた。

「そうだよ！　お前らの命なら俺が守ってやるから！」

「あたしも。絶対にできるよ。なんならここにじっとしてようよ」

ふたりの声援にやっと息ができた気がした。心花も同じように笑っている。

「じゃあ、仲直りの握手ね」

「ああ」

差し出された手。俺も手のひらを広げ――。

パチン。

俺の手が乾いた音を立てた。見ると、心花が俺の手にハイタッチをしていた。

「……え？」

「ごめんね、創生」

白い歯を見せて笑う心花。次の瞬間、心花は踵を返し、駆け出していた。

心の奥に生まれた疑問が一気に氷解するのを感じる。

どうやって心花は俺の身代わりになれたのか。神様に願ったからって誰かの身代わりになることはできない。

――身代わりになる合図は、このハイタッチだ。

全身の毛が逆立つくらいの恐怖に襲われながら、自分の右手を呆然と見る。

これまでも、ハイタッチをしたあとに事故が起きていた。

なんで……なんで気づかなかったんだ。

「おい、創生！」

怒鳴る声に我に返り走り出すが、心花は海へ続く道を突き進んでいる。あっという間に暗闇に消えた背中を追いかける。

智春を追い抜き、さらに速度をあげて走っていると雪が舞いはじめた。

あっという間にひどくなる雪の向こうに、心花の背中が見えた。

「心花！」

叫んでも立ち止まってくれない。

暗闇の向こう側に見えるのは堤防。その先にあるのは真っ黒な海。

「ダメだ。心花、心花っ！」

なんでもっと早く気づかなかったんだ。突然ハイタッチをするようになったのも、いつものマイブームだと思いこんでいた。

俺の身代わりになるなんて、絶対にダメだ。

あと少しで追いつきそうなところまで来たとき、心花の体が目の前から消えた。

バシャンという音とともに、心花の体が海のなかへ消えていく。

迷いなんてなかった。俺も勢いそのままに海に飛びこんだ。

体中が切られるほどの痛みに襲われながら心花を探すが、真っ暗な水のなか、どこにも見当たらない。

あきらめるな！

海底に向かって泳いでいると、心花の白いジャケットが目に入った。

――心花！

必死で腕を伸ばすが、ほとんど消えかけた心花の体を指先が通過してしまった。泡の向こうで、心花は悲しげにほほ笑んでいる。

もう一度つかもうとするが、やっぱり体に触れることができない。

――どうか、神様。もう一度だけ、心花に触れさせてください。死ぬ運命を俺に戻してください。

願いを込めて心花の手をつかむと、たしかに感触がした。心花と俺の運命を強く抱きしめた。

海上へ向かって泳ぐが、もう腕の感覚も体の感覚もない。死が一気に俺を襲っているようだ。

意識が飛びそうになりながらなんとか海面に顔を出すと、無数の雪が降り注いでいた。

「創生！」

「心花！」

声のするほうへ泳ぐが、今にも体から魂が抜けてしまいそうなほど、意識がもうろうとしている。

堤防から腕を伸ばすふたりに心花を託すのと同時に、世界から音が消えた。

引っ張りあげられる心花。その体に力が入っていないのがわかる。

——神様、彼女の命を奪わないでください。俺が身代わりになるから、心花の余命を返してくれ。

智春が俺に腕を伸ばしてなにか叫んでいる。

いつも強気な菜月が泣きながら手を伸ばしている。

けれど、秒ごとに視界が暗く落ちていく。

ああ……運命が俺を包みこんでいる。あっちへ行ったりこっちへ行ったりしながら、やっと俺の運命が戻ってきた。

これでいいんだよ。これが俺の運命なのだから。

もう指さえも動かすことができず、俺は空に目を向けたまま再び海のなかへ落ちていく。なにも見えない、なにも聞こえない。

口から体中の酸素が逃げていく。苦しくはないよ。悲しくもない。

どちらか一方が死ぬ運命だとしたら、心花、君の命はきっと助かる。

どうか悲しまないで、この運命を受け止めてほしい。俺は心花が笑っている顔が好きなんだ。

静かな死を受け止めながら、俺は愛する人のことを思った。


俺は海になった。

人は死んだら星のひとつになると思っていたけれど、海のほうが好きな人のそばにいられるからラッキーだ。

夜の海は暗くて怖いけれど、朝になれば青色に変わる。

太陽の光を受けながら、この町に住む心花を見守っていよう。

「……生。創生！」

誰かが俺を呼んでいる。

穏やかな気持ちで寝ていたのにな……。

「創生！」

激しく体を揺さぶられ、思わず顔をしかめてしまった。

と、同時に体中に痛みが生まれた。

「ああ……」

「反応ありますね。藤井さん、聞こえますか？」

誰だ、この声は……？

ゆっくり目を開けると、まぶしい光が俺を照らしていた。

「創生！」

思いっきり顔を近づけてきたのは――母だった。隣には顔をくしゃくしゃにした父もいる。

「ああ、目が覚めた。創生、わかる⁉」

「お母さまは離れてください」

白い服を着た女性――看護師に追いやられた母になにか言おうと口を開くと目の前

が真っ白になった。マスク型の機械をつけられているらしく、電子音がすぐそばでいくつも鳴っている。

「創生！　ああ、よかった。神様ありがとうございます！」

父と抱き合いながら母は号泣している。

「お父さま、申し訳ありませんが――」

「はい、はいっ！」

父の泣く姿は初めて見た。泣きじゃくる母を連れて部屋を出て行くのが見えた。

看護師が機械をチェックしてから、

「苦しくはありませんか？」

と尋ねてきたけれど反応することができない。

呼吸をするたびに体ぜんぶが痛い。どこを動かそうとしても、操り人形の糸が切れたみたいに微動だにしない体。

「海に転落したんですよ。お友だちが助けてくれたんです」

その言葉に、海の底へ落ちていく映像が脳裏に浮かんだ。

自分が助かったことを知るのと同時に、無意識にマスクをはがし起きあがっていた。

「藤井さん⁉」

声を裏返して叫ぶ看護師に、

「心花は⁉」

　そう叫んでいた。

「え？」

「白石心花は……心花は無事なんですか⁉」

　俺が助かったということは、心花が身代わりになってしまったということなのか。

　いや、あのとき心花は無事に堤防へあげられたはず。ひょっとして先に心花の余命が尽きてしまったということなのか……⁉

「白石さんならお隣の部屋で寝ておられます。一時は呼吸がなかったそうですが、今は回復されております。だから横に――」

「ああ……よかった」

　もう寒くないのに全身の震えが止まらない。

　心花が――心花が生きている……！

「よかったじゃありません。藤井さんのほうが症状がひどいのですから、起きあがってはいけません。それに救命室で大声は厳禁です」

　しごく真面目な顔で注意してくる看護師。おとなしくベッドに横になると、体がまた痛みを生み出した。

　こんなのどうってことはない。心花が生きてくれているのなら、ほかのことはぜんぶ小さいことだ。

ふいに思い出し、カルテになにか書きこんでいる看護師に顔を向けた。

「あの……今日は何日ですか？　何時なんですか？」

「え？　ああ、二十七日の午前三時です」

日付を越えることができたんだ……。

ホッとしたせいか、涙が次々にあふれてくる。運命は俺たちのどちらかから命を奪うことをあきらめてくれたのだろうか。

まだ油断はできない。気を引き締めないと、と思うそばから眠気が俺を満たしていく。


ふいに目が覚めると、そこはさっきの救命室だった。

遠くから救急車のサイレンが近づいてきて、パタリと音を止めた。慌ただしくスタッフが駆けて行く足音が聞こえる。

枕元にあるスイッチを触ると、照明がついた。

口に当てられていたマスクを外しても、もう息苦しくない。体はやっぱり痛いし、今にも意識を失うくらいのだるさを感じるけれど、どうしても心花の無事をこの目でたしかめたかった。

廊下に出ると、両親は帰ったらしく姿が見えない。

隣の部屋のドアをノックしてから開けると、心花がベッドに上半身を起こしていた。

「創生……」

心花は泣きながら俺に両手を伸ばしている。

ベッドに近づき、その体を抱きしめた。

「よかった。ふたりとも無事だったんだ」

「うん。うん……」

どんなに抱きしめても抱きしめ足りない。あざが残ってしまうほどに抱きしめてから、体を離した。

「ごめんね、創生。たくさんつらい思いをさせて」

「いいよ。心花が生きているなら、なんだってかまわない」

もう一度抱きしめたあと、窓の外に目を向けると雪はやんでいて、薄暗い空の下がほのかに明るくなっている。もうすぐ夜明けが訪れようとしている。

心花の隣に座ると、掛け布団をシェアしてくれた。

「運命は俺たちのこと、あきらめてくれたのかな」

「ううん。あきらめてないよ。ちゃんと予定どおり、創生は死の運命をまっとうしたんだよ」

「え？」

俺はやっぱり死んでいるってこと？

自分の体を見下ろす俺に、

「違うの」

と心花は頬に涙をこぼしながら笑った。

「海から引きあげられたとき、私たちは息をしてなかったんだって。智春と菜月が必死で人工呼吸をしてくれて——だけど、ダメだった」

「…………」

「でも、救急車が到着する前にふたり揃って息を吹き返したって。不思議だよね」

そうか、そういうことだったんだ……。

「日付が変わるタイミングで、俺たちは運命どおりに死んでいたってこと？」

「きっとそう。どちらかが生きているとタイムリープが作動してしまう。ふたり揃って死んでしまったおかげでタイムリープから抜け出せたんだと思う」

運命は俺たちのどちらかに二十六日の夜に死ぬことを課した。一度呼吸を止めたことで、運命も納得せざるを得なかったということか……。

「私、思うんだけど——」

心花が手を重ねてくれた。温かくてやわらかくて、それだけで泣きそうになる。

「運命はどちらかの死を望んでいた。まさかふたり揃って亡くなると思わなかったんじゃないかな。不思議な力で私たちを生き返らせてくれたんだよ」

散々ひどいことをされてきたのに、そんなふうに思えるなんて心花はすごいな。

「俺たち、生きてるんだな」

心花の体を引き寄せると、さっきよりも強く心花の温度を感じる。

俺たちの余命カレンダーは、新しいページをめくったんだ。

「俺さ……」

「うん」

「ちゃんと生きてなかったと思う。プライドとか意地とかばっかで、心花だけじゃなくいろんな人に自分の気持ちを伝えてこなかった」

「私もそうだよ。言葉にするのは難しいし、言ったとしても後悔することばっかり」

一度死んだからこそわかること。まっさらな心が、この先の未来をやさしく照らしている。

「これからは違う。どんな運命が待っていたとしても、今この時間を大切にしていく。心花が教えてくれたんだよ」

「私のほうが教えてもらったよ」

「いや、俺のほうだって」

それから俺たちはクスクスと声を殺して笑った。
窓の外が徐々に明るくなっている。
町の輪郭が浮かびあがり、その向こうに太陽が顔を出した。
世界が息を吹き返し、俺たちにとっての新しい今日がはじまろうとしている。

エピローグ

春の日差しがやわらかく降り注いでいる。
橋の手すりに手を置けば、昨日よりも少しだけ温かい気がした。
堤防沿いの桜並木は、誇らしげに花を咲かせている。
転落防止の柵が高くなったことで、
平日なのに花見をしている家族連れがちらほら見える。

高校の制服を脱いでからもう一年が過ぎた。
大学も昨日から二回生になり、明日はサークルの花見が開催されるそうだ。
ここに立つたびに、あの一週間のことを思い出す。
君を救うために何度もくり返した日々が、今となっては夢の出来事に思える。

満開の花を手放すように、少しずつ記憶も薄れていく。

君には言ってないことがある。
何十回目かのタイムリープのとき、君も同じ時間をくり返していると気づいたことを。
放課後の教室で信じられない顔をしている君を見て、
うれしくて泣きそうになったんだよ。
――カラオケのプレゼント交換で風船を渡さないようにした君。
――強引に家まで送ってくれた君。
――同じキーホルダーをプレゼントしてくれた君。
私が死ぬ運命だと知り、必死で助けようとしてくれてたよね。
そんなふうに私を想ってくれていたことを知り、本当にうれしかった。
だからこそ、君の身代わりにならなくちゃ、って改めて誓った。
死ぬことの恐怖なんて、どこかへ飛んでいったくらい。

だけど、君も同じように考えていてくれたなんて。
私たちはお互いに身代わりになることを望んだ。
そんな十二月だったね。

正直に言うと、海に飛びこんだときに心から安心したの。
やっと君の身代わりになれたんだ、って。
君がこれからも生きていけるんだ、って。

そのぶん、ふたりで乗り越えた運命が今も宝石みたいに輝いているよ。
一度なくした命だからこそ、この世界の美しさを知ることができた。
ひらひらと舞う花びらは、あの日の雪に似ている。
あの日々を思い出しても、もう苦しくないよ。
どんな運命が待っていても、君となら歩いていけるから。

橋の向こう側から君が駆けてくる。

君のリュックでお揃いのキーホルダーがカシャカシャ音を立てている。

高校の制服が思い出せないほど、君は大人になったね。

「心花。おはよう」

息を整えながらはにかむ君。

「おはよう」

ハイタッチしようと手をあげると、君はサッとうしろに手を隠してしまった。

「ハイタッチは身代わりになる合図だからしない」

「ええっ。もうそういう意味じゃないのに」

「でもしない。念には念を入れておかないと」

あの日々を冗談にできる日がくるなんて想像もしていなかった。

いたずらっぽく笑う君の向こうで、花びらが舞っている。

私の目線を追った君が、「おお」と目じりを下げた。

「帰りに花見でもするか。今日は何限目まで?」

「私は三限目。教育学部は四限目まででしょう?　学食で待ってるよ」

「この堤防はＮＧだからほかの場所を探しとくよ」

あいかわらず私は堤防に入らせてもらえていない。

「菜月と智春は?」

そう尋ねると、君は迷うことなく「いや」と答えた。

「来週みんなで映画に行くし、今回はふたりっきりで」

どちらからともなく手をつないで歩き出す。

やわらかい春の日差しが気持ちいい。

一度はあきらめた命だからこそ、毎日が、一分一秒が愛おしい。

「創生」

私は世界でいちばん大切な人の名を呼ぶ。

「心花」

丸い声で返す君は太陽みたいに笑っている。

長いタイムリープの果てにこんな未来が待っていたんだね。

私たちの毎日はこれからも続いていく。

どんな分岐点が訪れたとしても、君のそばで生きるという選択をする。

これが、私の新しい夢なんだよ。

完

この物語はフィクションです。実在の人物、団体等とはいっさい関係ありません。

いぬじゅん先生へのメッセージは
WEB サイトのメッセージフォームより
お寄せください。

双葉文庫
パステル NOVEL

い-68-01

君(きみ)がくれた七日間(なのかかん)の余命(よめい)カレンダー

2025年3月15日　第1刷発行

著　者　いぬじゅん

発行者　島野浩二

発行所　株式会社双葉社
〒162-8540 東京都新宿区東五軒町3番28号
［電話］03-5261-4818（営業部）03-5261-4835（編集部）
双葉社ホームページ（双葉社の書籍・コミックスが買えます）
https://www.futabasha.co.jp

印刷所　中央精版印刷株式会社

製本所　中央精版印刷株式会社

フォーマット・デザイン　日下潤一

デザイン　横山 希

イラスト　中村ひなた

落丁・乱丁の場合は送料小社負担にてお取り替えいたします。「製作部」宛にお送りください。ただし古書店で購入したものについてはお取り替えできません。
［電話］03-5261-4822（製作部）
定価はカバーに表示してあります。

ISBN978-4-575-59000-5 C0193
Printed inJapan